UN COUPLE

De la même auteure aux Éditions Grasset

NOS RENDEZ-VOUS, *roman*, 2020.
INSTAGRAMMABLE, *roman*, 2021.

ÉLIETTE ABÉCASSIS

UN COUPLE

roman

BERNARD GRASSET
PARIS

« L'Été indien », Joe Dassin, paroles de Toto Cutugno, Vito Pallavicini, Pasquale Losito et Sam Ward, adaptation de Claude Lemesle et Pierre Delanoë, CBS Disques, 1975.

« Histoire d'un amour », Dalida, paroles de Carlos Almarán, adaptation de Francis Blanche, in *Gondolier*, Disques Barclay, 1958.

ISBN 978-2-246-82728-3

À Ethan, qui a inspiré ce livre.

Paris, mai 2022

— Puis-je prendre place à côté de vous ?

Le vieil homme fixe le banc où est assise la femme qui se tient droite, l'air sérieux, une main posée sur sa canne ; le regard perdu vers l'horizon.

Elle se tourne pour l'observer : il est beau avec ses cheveux poivre et sel, abondants pour son âge, coiffés en arrière. Son sourire éclaire son visage anguleux, émacié, sa peau est parsemée de petites taches et ses yeux sont d'un bleu intense ; celui de droite a une expression sérieuse et grave, celui de gauche est joyeux.

— Je vous en prie, Monsieur, asseyez-vous.

Il la salue d'un petit mouvement de tête, considère ses pommettes hautes, sa bouche colorée de rouge, sa peau fine et parcheminée, ses mains ridées, aux veines apparentes. Elle lui sourit avec bienveillance.

Les cheveux coiffés en une savante mise en plis comme si elle sortait de chez le coiffeur, elle porte un pantalon léger et un twin-set en laine beige. Elle tente de se tenir droite, et de redresser son dos qui se voûte. Frêle, mince et vacillante, on dirait qu'elle va ployer comme un roseau.

Ils sont au jardin du Luxembourg : c'est là qu'elle aime venir, toujours au même endroit, à droite quand on fait face au bassin, à côté des rangées de chaises vertes.

À nouveau, elle regarde droit devant elle, l'air concentré. Son visage marqué par le temps, strié de rides profondes, reprend son expression sérieuse, comme si elle attendait quelque chose, ou quelqu'un.

Seule, elle est sortie de chez elle, a remonté la rue Lhomond, descendu la rue d'Ulm jusqu'au Panthéon, puis elle a emprunté la fastueuse rue Soufflot jusqu'au jardin du Luxembourg ; avant de s'asseoir sur le banc où elle aime se reposer et rêver, devant le bassin où voguent les bateaux miniatures, téléguidés par les enfants. C'est ici qu'elle somnole, réfléchit et se plonge dans ses souvenirs. Dans sa jeunesse, elle empruntait la grande allée pour se rendre à la Sorbonne où elle étudiait, aux réunions féministes dans les cafés du Quartier latin et le soir aux clubs de jazz à Saint-Germain.

Elle lève les yeux et considère avec intérêt l'homme qui a pris place à côté d'elle. Il est habillé d'une façon élégante, avec une chemise blanche sous un pull en V et un pantalon de toile beige : des couleurs lumineuses et discrètes en cette matinée de printemps où il fait clair et les journées s'étirent.

Paris s'anime en vue des festivités de la commémoration de la Libération. Ce jour férié, beaucoup sont partis et elle aime la sensation de la ville vide : elle a connu bien des étés où régnait le silence dans les rues écrasées par la chaleur. C'était il y a longtemps, lorsque les saisons étaient encore des saisons, lorsqu'elles n'étaient pas encore passées les unes après les autres, si nombreuses et si pleines.

Assis l'un à côté de l'autre, ils se tiennent avec raideur, se meuvent avec lassitude, et semblent perdus dans un monde à part, un sourire figé sur les lèvres. Ils font l'effort d'être présents, mais tout est plus lent pour eux qui ne voient ni n'entendent plus très bien – signe que le réel s'éloigne peu à peu, et la vie aussi.

Il se tourne vers elle, lui sourit, avec tristesse et désolation. Elle le regarde, l'air perdu. Pourquoi a-t-il un hématome sous l'œil gauche ? Son insuffisance cardiaque lui rend la vie difficile. Il a glissé sur le tapis du salon. Pendant des heures, il est resté là, sans personne pour le relever. Après cette chute, il a eu des escarres et depuis, il se déplace lentement. Il a du mal à marcher, à cause de l'arthrose. Parfois il l'oublie, galope dans le couloir comme s'il était pressé et c'est ainsi qu'il a trébuché. Il est tombé de tout son long, s'est cogné la tête contre le coin de la table basse, en a gardé un stigmate autour de l'œil qui lui donne l'air d'un corsaire, d'un matador. Depuis, une aide à domicile vient l'assister mais il n'aime pas que d'autres touchent son corps devenu lourd, pesant et mou malgré sa solide charpente et sa musculature de nageur.

Il n'entend pas bien, les piles du sonotone se vident trop rapidement et parfois on tarde à les lui changer : alors il est surpris par les bruits qui surviennent avec acuité, comme si le son était trop fort et qu'il lui parvenait dans un vacarme assourdissant, auquel finalement il préfère le silence. Sauf lorsqu'il regarde la télé, passionné par les innombrables chaînes d'information qui sont pour lui comme une fenêtre sur le monde, ce monde auquel il n'a plus tout à fait accès – sauf à travers les souvenirs : ceux qu'il aime évoquer, du temps où il contribuait à le bâtir et à le rendre plus habitable, à travers ses projets. Une école, un hôtel de ville, pas mal de maisons, des appartements, beaucoup de rénovations. Et ceux qui ne verront jamais le jour : les hôtels en Islande, en Amérique du Sud, des villas tout en verre, des tours insensées, érigées d'un coup de crayon sur ses planches d'architecte.

Elle tend l'oreille : elle non plus n'entend plus très bien mais par coquetterie, elle refuse d'être appareillée. Architecte, un beau métier. Comment imagine-t-il ses habitations ? A-t-il des visions ? Où trouve-t-il son inspiration ? Aime-t-il le Bauhaus ?

Elle s'interrompt alors que la sonnerie du téléphone retentit. D'un geste lent, elle l'extrait de son petit sac en cuir rouge, saisit aussi ses lunettes, qu'elle chausse pour appuyer sur les touches et prendre l'appel. Où es-tu ? Je m'inquiète, je t'ai appelée plusieurs fois, tu n'as pas répondu. Tu sais bien que tu ne dois pas sortir seule.

Elle pousse un soupir, regarde le jardin. Un vent léger fait bruisser les arbres majestueux et exotiques et les immenses séquoias qui le couvrent comme un toit d'ombres centenaires. Un rayon de soleil perce à travers leurs feuillages. L'air est doux, on se croirait presque à la campagne. Elle raccroche et replace précautionneusement le téléphone et les lunettes dans son sac.

— C'est mon fils, explique-t-elle. Il m'appelle dix fois par jour. Quand il était petit, il jouait ici. Il pouvait rester pendant des heures, juste avec quelques cailloux. De temps en temps, il en mettait dans sa bouche, un jour même, il s'est étouffé, mon mari l'a sauvé grâce à la manœuvre de Heimlich.

Son mari… c'est ici qu'elle lui a annoncé qu'elle était enceinte de leur deuxième enfant. On ne peut pas dire qu'il ait sauté de joie. Et là-bas, près du bassin, ils se sont embrassés pour la première fois. Et sur ce banc, ils se sont rencontrés par un après-midi de mai. C'est la raison pour laquelle elle aime venir dans ce parc.

Elle passe une main dans ses cheveux pour les discipliner tout en le regardant, l'air grave.

— Comme c'est triste, dit-elle.

— Pourquoi, triste ?

— Ma vie me manque. Mon ancienne vie.

— Quelle vie ?

— Celle que j'avais avec mon mari et mes enfants. J'ai l'impression d'un vide permanent. Je ressens comme une injustice.

— L'injustice n'est pas là : l'injustice, c'est de vivre à contresens. De ne pas vivre avec son temps.

Elle ne répond pas. Il se demande si elle l'a entendu. Il répète, plus fort, elle sursaute et tourne son visage vers lui.

— Dans ma tête, j'ai vingt ans, murmure-t-elle.

— Comment, vous n'avez pas vingt ans ? demande-t-il en souriant.

— Pas loin de quatre-vingt-dix. Et vous ?

— Comme vous.

— Nous sommes vieux, n'est-ce pas ?

— Moins que quand nous ne l'étions pas…

Soudain, on entend une sonnerie de téléphone, c'est la musique de « L'Été indien », de Joe Dassin. Cette fois, c'est lui qui cherche son portable, au fond de sa poche. Mais il ne le prend pas à temps et la chanson s'arrête.

— Ce doit être ma fille, murmure-t-il. Elle m'attend, je crois.

Il la regarde soudain, l'air inquiet.

— Puis-je ?

Il ose lui prendre la main, délicatement. Il la tient quelques secondes avant de la porter vers ses lèvres, et il ferme les yeux, pendant un moment.

Et soudain il lui dit :

— Moi aussi, j'ai aimé une femme. Dès que je l'ai rencontrée, je lui ai proposé de m'épouser. Je ne la connaissais pas, je ne savais pas où elle habitait, alors je lui ai écrit une lettre…

Ses mains s'affolent et, en tremblant, il sort de sa sacoche une vieille enveloppe fatiguée, grise et perforée, de laquelle il extirpe un papier jauni plié en quatre, recouvert d'une écriture fine et penchée – qu'il lui tend et qu'elle prend, troublée.

Puis il s'appuie sur le banc pour se lever, manque de tomber, et il la salue, en inclinant la tête.

— Adieu Madame, dit-il. Ce fut un réel plaisir de faire votre connaissance.

Puis il part lentement, d'un pas hésitant.

Elle le suit du regard, alors qu'il s'éloigne dans la grande allée, vers l'entrée du jardin.

— À bientôt, murmure-t-elle, les larmes aux yeux.

Port-des-Barques, août 2018

Depuis la terrasse du petit lotissement perché sur le littoral, Jules relit la lettre qu'il a trouvée dans le tiroir du bureau qu'il partage avec sa femme : celle qu'il lui avait adressée juste après leur rencontre, en mai 1955. Le papier, épais, a résisté au temps, son écriture cursive aux lettres liées et un peu penchée est encore bien lisible. Il la découvre comme si c'était la première fois, le sourire aux lèvres, et s'étonne de son émotion à la relire tant d'années après, et aussi, d'avoir été tellement présomptueux lors de sa rédaction. Il la scrute avec attention pour déceler les effets perceptibles du temps qui passe, observe l'encre qui s'efface, les traits et les arrondis, devine certains mots rendus presque illisibles, caresse le papier jauni, le regarde par transparence sous ses mains tachées, usées. Il se dit qu'elle n'a pas vieilli, cette lettre, même s'il a bien du mal à la tenir, à cause des douleurs qui l'envahissent, et il est alors submergé de pensées morbides. Ses membres lui pèsent. Une foule de petits maux restreignent sa liberté. Alice le soigne et il s'en remet à elle, jour après jour. C'est elle qui compte les médicaments et les lui administre chaque matin : il ne sait même pas ce qu'il prend, il ne connaît ni les noms ni la posologie. Elle fixe les rendez-vous médicaux, les visites chez le kinésithérapeute, le coiffeur, l'ophtalmologue, le gastro-entérologue, et aussi les amis, la famille et tout ce qui concerne son quotidien. Depuis qu'il est à la retraite, il lui délègue l'ensemble de sa vie : elle est devenue sa mère, sa sœur, son amie, son médecin, son infirmière, son aide-soignante, sa psychiatre, sa cuisinière et sa secrétaire particulière.

Leur maison en Charente-Maritime est une habitation moderne aux murs blancs avec une grande baie vitrée qui donne sur l'océan, dont ils aiment contempler les couleurs, du matin jusqu'au soir, par temps orageux ou clair, du gris le plus sombre au bleu le plus limpide. Ils y ont emménagé pour leur retraite après que Jules l'a fait construire selon ses plans, telle qu'il l'a imaginée, dans sa ligne pure, traversée de lumière. Ils ont loué leur appartement parisien, ont acheté un petit pied-à-terre dans le Quartier latin, ont emporté leurs affaires, leurs livres, leurs habits et leurs habitudes pour élire domicile au milieu de nulle part, dans ce coin perdu qu'il a découvert lors d'un déplacement en province. Il n'y a pas grand monde et l'endroit peut paraître désolé en hiver, mais ils s'y plaisent, font des courses et des balades sur l'île de Ré et de longues promenades vers le bord de mer, sur la pointe ouest, au phare des Baleines où l'on prend l'air du grand large en plein visage, un bout du monde que Jules aime bien.

Alice a fini par se faire à cette vie. Elle apprécie les couchers de soleil aux nuances de rouge, jaune et violet lorsque le ciel s'embrase à la tombée du jour comme une boule de feu qui plonge dans l'océan. C'est ici, dans cet endroit improbable, presque onirique, qu'elle s'est mise à collectionner les photographies et les documents de famille afin d'établir son arbre généalogique. Elle pourrait se perdre pendant des heures dans la contemplation de cette beauté atmosphérique qui ne se dévoile qu'au crépuscule et la peindre. Elle s'emploie, maintenant qu'elle en a le temps, à faire des recherches à partir des toponymes, des états civils, des actes de mariage, documents familiaux et photographies anciennes en s'aidant des sites de généalogie qui fleurissent dans le monde numérique. Comme une détective, elle mène une enquête sur son ascendance : elle est arrivée à reconstruire son arbre sur cinq générations. Elle est la fille d'Alexandre Edelman, professeur de lettres, et de Clara Aron, violoniste. Ses parents sont les enfants de Moïse et Colette Edelman, et d'Étienne et Judith Aron, et les petits-enfants de Richard et Alice Edelman, Isidore et Simone Dreyfus, de Phalsbourg en Lorraine. Parmi ses ancêtres, elle découvre un marchand de tissus pour l'armée au temps des guerres napoléoniennes, un brasseur d'affaires ou « manieur d'argent » comme on disait alors, un confiseur lorrain, un vendeur de bestiaux en Pologne, et même un ministre, pédagogue et inspecteur général, qui a contribué à fonder l'École normale supérieure de Fontenay-aux-Roses pour former des femmes enseignantes.

Pourquoi ce projet de reconstruire le passé ? demande Jules. À quoi cela peut-il bien servir ? Je n'ai pas une mémoire aussi précise qu'avant, je voudrais retarder le temps qui passe, ce sentiment que tout s'efface et à travers mes aïeux, j'aimerais ressusciter les morts. La connais-tu, l'histoire de ta famille ? À travers les mariages et les naissances, je tente de repérer les moments cruciaux où les destins se décident, parmi toutes les configurations possibles de nos vies antérieures, telles qu'elles évoluent parfois à notre insu. Parfois, je ressens cette forme de lassitude propre à la vieillesse, alors je me souviens de ma jeunesse. Je parviens à chasser la peur qui me paralyse et ce sentiment constant de courir après mon existence, afin de trouver ce bonheur incertain qui me saisit lorsque le temps s'arrête. Et dans cette période nouvelle de ma vie, je ressens la nécessité de rester immortelle à travers la transmission qui ne peut exister sans le sens du passé. Par la généalogie, je me pose les questions essentielles, celle de l'existence qui se construit et se déconstruit. Moi je préfère la solitude, j'aime être au bout du monde dans une petite cabane, c'est là où je me sens le plus libre, car je ne dépends plus de rien ni de personne, ni de ce monde étrange dont j'étudie les mœurs, la vie et les coutumes depuis que j'ai pris ma retraite. Mais exister vraiment, je ne sais pas si j'en suis encore capable. Pour cela, il faudrait vivre et je crois que je n'en ai plus le courage. Je t'avais dit que je t'aiderais. Mais je me sens mal à l'aise avec tous ces morts. Qui est encore vivant parmi ces personnes ? Le suis-je à tes yeux ? Te souviens-tu du canapé-lit de notre petit appartement de la rue Mouffetard, où on riait, on pleurait, on vivait d'amour et d'eau fraîche ? Je me glissais près de toi, je murmurais à ton oreille que je te trouvais belle. Très belle avec tes cheveux sombres qui tombaient raides sur tes épaules, tes yeux de biche et ta douce odeur de vanille et de fleurs sucrées.

Lorsqu'elle regarde l'horizon s'empourprer chaque jour, les cieux se revêtir des plus belles parures comme pour offrir une palette à un peintre céleste, et qu'elle se laisse aller à l'étonnement et l'émerveillement, deux qualités enfantines qu'elle n'a pas perdues malgré l'âge, Alice retrouve enfin les souvenirs de sa jeunesse. Son visage hâlé par le soleil qui l'a parsemé de taches de vieillesse se détend, ses traits s'adoucissent, elle se sent heureuse. La bouche fine, soutenue par un grain de beauté au-dessus de la lèvre, les yeux bruns, le nez fin, les sourcils fournis sous un casque de cheveux sombres qu'elle a coupés court avec une frange, elle se meut doucement, comme une ombre, laissant derrière elle le sillage du parfum sucré qu'elle porte depuis toujours. Sous un chapeau de paille qu'elle serre autour de son visage pour ne pas être décoiffée par le vent, elle reste des heures à contempler l'horizon et les bateaux qui voguent, et perdue dans ses pensées, elle sourit à l'évocation de certains moments. Ce sont toujours les mêmes qui viennent à sa mémoire, quelques jours à Naples et à Capri lors de son voyage de noces, un séjour à Venise, un deux pièces rue Mouffetard, des enfants qui jouent dans le jardin, comme des instantanés qui se superposent ou des photos que l'on revoit, des images dans un kaléidoscope qui forment le film de sa vie.

L'été, elle nage à marée haute, et s'éloigne de la côte comme si elle voulait traverser l'Atlantique pendant que Jules la regarde, inquiet, les mains en visière. Il peut rester une heure à la guetter alors qu'elle prend le large. À chaque fois il imagine le pire. Il ne peut pas s'en empêcher. Soudain, il ne la voit plus et il se met à paniquer. Son cœur recommence à battre quand enfin il l'aperçoit. Il lui fait des signes pour qu'elle revienne mais elle s'éloigne, seule, comme pour prouver sa force et sa liberté. Elle a alors ce sentiment exaltant d'être quelque part entre terre et ciel, en apesanteur. À chaque retour, il l'accueille avec effusion et soulagement comme si elle avait échappé à un grave danger. Il s'efforce pourtant de ne pas lui montrer qu'il a eu peur pour elle, terriblement peur.

Plusieurs fois par an, leurs enfants ou leurs petits-enfants les rejoignent à Port-des-Barques. Depuis qu'il est divorcé, leur cher fils Alexandre y séjourne tout le mois d'août avec ses filles. Grâce aux réseaux sociaux, il a retrouvé son amour de jeunesse, la jeune femme qu'il avait rencontrée sur les bancs de la faculté. Leur fille Émilie vient leur rendre visite pour les vacances de Noël et de Pâques. Elle s'est installée à Londres avec son mari et ses trois enfants dans le quartier de Soho, où ses parents séjournent de plus en plus rarement. Jules n'a plus le courage de voyager, Alice a fini par s'y rendre seule, puis par ne plus y aller. C'est loin, trop compliqué, et perturbant pour elle qui préfère désormais rester à la maison.

Clara et Léa, leurs petites-filles, ne sont pas intéressées par les couchers de soleil féeriques le long du littoral, sauf à poser pour en faire une story, les cheveux longs et lisses, les yeux ourlés de faux cils et les bouches dessinées au crayon rose, à sourire de toutes leurs dents blanches et parfaitement alignées grâce à des années d'orthodontie, en faisant le V inversé de la victoire de leurs mains aux ongles vernis de rose.

Enfoncées dans le canapé du salon, elles ont la tête penchée sur leur téléphone portable, les écouteurs dans les oreilles. Sur la table à côté d'elle, Jules a placé son ordinateur, qu'il allume de temps à autre pour prendre connaissance de ses messages et consulter les journaux en ligne, notamment celui qu'il a créé avec un collègue sur l'Architecture moderne. Grâce à Skype, il parle avec son fils qui l'appelle tous les jours depuis qu'il a repris son entreprise et travaille avec succès sur le chantier de médiathèque qu'il n'a jamais réussi à mener à son terme. Sur le bureau du salon est posée une jolie lampe Art déco, avec un pied en étain et un globe en verre blanc – cadeau de Jules à Alice, chinée dans une brocante après une longue recherche et qu'il a apportée triomphalement un dimanche de juin à l'occasion de la fête des Mères. Depuis, elle l'allume chaque soir, et se réjouit de la lumière douce qu'elle diffuse dans la pièce.

Clara se connecte sur une nouvelle application de rencontres, afin de poursuivre la conversation qu'elle a entamée la veille.

— *Que fais-tu dans la vie ?*

— *Des voyages... Je suis pilote de ligne.*

— *Canon ! Tu tiens le coup ? Ça doit être une vie de fou ? Longs ou moyens courriers ?*

— *Les deux. Là par exemple, je vais bientôt à Berlin.*

— *Père divorcé à ce que je vois ?*

— *Oui, j'ai un enfant, et une vie double qui me satisfait pleinement. Un week-end sur deux, c'est papa poule, et la semaine, je suis célib, j'aime cette alternance. C'est l'idéal ! T'as les enfants et t'as le plaisir.*

— À qui tu écris ? demande Alice qui lit l'échange avec curiosité au-dessus de l'épaule de sa petite-fille.

— À un inconnu.

— Tu n'es pas un peu jeune pour ça ?

— C'est juste pour m'amuser, Mamy. En vrai je vais pas le rencontrer.

— *C'était bien à Berlin ?*

— *Grave j'ai fait des after dans des bars.*

— Berlin, murmure Alice. Tu sais que j'y étais pour la chute du Mur en 1989 ?

— Tu faisais quoi, Mamy ?

— *Et toi tu fais quoi ?*

— Je faisais un reportage pour un journal. C'est un moment où tout a basculé. La fin d'un monde.

C'était tout le bloc communiste qui s'effondrait ! Deux ans plus tard, il n'y avait plus d'URSS.

— *Je suis journaliste.*

— Et Papy, il était avec toi ?

— Non. Il travaillait.

— *Quel journal ?*

— Pour quel journal tu travaillais, Mamy ?

— *Le Nouvel Économiste.*

— « *Le Nouvel Économiste* ».

— *Ça existe encore ça ?*

— Et Papy, il partait aussi ?

— À un moment, oui. Papy a beaucoup été en province pour ses projets.

— Dis-moi Mamy, intervient Léa, t'as rencontré Papy à quel âge ?

— Dix-huit ans.

— C'est jeune !

— On était plus conventionnels. Il m'a demandée en mariage avant même de m'embrasser.

— Et dès que je l'ai rencontrée, ajoute Jules.

— Pourtant, vous avez vécu Mai 68, hein Mamy ? renchérit Clara. Ça devait être dingue !

— Oui. On était engagés. Papy était trotskiste, moi féministe.

— *On peut faire un Zoom, Clara ?*

— Vous étiez pour la libération sexuelle, Papy et toi ?

— On était… comme tout le monde. Enfin, moi j'étais pour. J'ai participé à la manifestation de novembre 1971, la grande marche pour briser les chaînes de l'esclavage. Nous demandions la liberté d'avorter et le droit à la contraception. La foule est entrée dans une église où avait lieu un mariage, pour faire tout arrêter. On criait : mariage piège à con ! Trois ans plus tard, Simone Veil faisait voter la loi qui légalise l'avortement.

Alice explique à ses petites-filles qu'elle couvrait l'événement pour un journal soutenu par Jean-Paul Sartre qui venait d'être créé par d'anciens maoïstes, et dont le nom rappelait ceux de la Résistance : *Libération*. Elle se souvient encore du discours de la ministre : « Aucune femme ne recourt de gaieté de cœur à l'avortement. Il suffit d'écouter les femmes. » Et ses arguments : l'injustice, l'inégalité qui frappe celles qui sont issues de milieux modestes. Dans l'hémicycle les gens s'agitaient, l'ambiance était tendue, tout le monde parlait en même temps. Face à elle se trouvait un cénacle d'hommes vêtus de costumes et de cravates, et quelques femmes perdues au milieu de 490 députés. Et pendant que tout le monde retenait son souffle, la loi fut votée, une victoire pour le MLF, le Mouvement de libération des femmes !

Alice regarde ses petites-filles : les yeux gris-bleu, les bouches fines, les pommettes hautes, elles ressemblent à leur père. Depuis le divorce de leurs parents, elles sont en garde alternée qui est pour elles comme une double peine, une semaine chez leur père, une semaine chez leur mère, à faire leurs valises telles des malheureuses, nanties d'un double foyer, coupées en deux, entre deux anniversaires, deux dîners, deux couples de parents – ce qui fait quatre parents et huit grands-parents et un nombre incalculable d'oncles, de tantes, de cousins, cousines –, à oublier leurs cahiers, leurs devoirs, leurs amis, leurs idées, leurs rêves, leurs désirs, leur avenir, leur passé, et même qui elles sont. Voir leurs grands-parents ensemble après si longtemps les rassure et les impressionne.

— *Quels sont tes hobbies, tes passions dans la vie ?*

— Comment vous vous êtes rencontrés, Papy et toi ? dit la jeune fille en regardant sa grand-mère.

Alice et Jules ont pris place sur leur canapé, à leur endroit favori, là où ils s'installent pour lire des magazines ou des livres.

— C'est une longue histoire, murmure Alice.

— Une histoire qui commence par une lettre, ajoute Jules.

À la demande de leurs petites-filles, ils évoquent leur rencontre en mai 1955 dans une circonstance particulière : un mariage comme prémices de leur vie ensemble. Qui étaient les heureux élus ? Peu importe, dit Jules. Si, tu sais très bien, dit Alice. Pourquoi tu ne veux pas leur dire ?

Oui, pourquoi ? demandent les filles, curieuses.

Parce que. Cela nous entraînerait trop loin. Si loin qu'on ne pourrait pas en revenir. Si loin qu'on ne s'en relèverait pas et qu'on en perdrait nos souvenirs. L'histoire est tellement improbable qu'elles ne la croiraient pas. L'histoire de leur vie, comme une strate de couches d'oublis et de non-dits.

Était-ce un coup de foudre ? Plutôt un coup d'œil, qui s'est prolongé par un regard, une attention, un intérêt : ils se sont parlé, ils ont dansé, ils ont bu et mangé, sont sortis ensemble sur la terrasse pour regarder les étoiles, et pendant qu'il levait les yeux au ciel, Alice en a profité pour s'éclipser : il était presque minuit. Jules a tenté de la joindre, de la retrouver, mais il ne savait pas où elle habitait. C'était bien avant le temps des portables et d'Internet – il lui était impossible de la contacter, il ne connaissait pas son numéro de téléphone, alors il lui a écrit une lettre, une lettre si singulière, si intense et si belle qu'elle ne pouvait pas manquer d'y être sensible. Personne ne lui avait jamais parlé ainsi, la touchant en plein cœur. Mais où la poster, puisqu'il ne connaissait pas son adresse ? Alors il l'a gardée sur lui jusqu'au jour où ils se sont revus, par hasard ou par nécessité.

— Tu l'as cette lettre, Mamy ?

— Je ne sais pas où elle est… Tu sais, toi, Jules ? Je ne la trouve plus.

— Non, ment-il sans sourciller.

Il sait très bien où elle est. Il la plie et la déplie chaque jour, comme un talisman. Comme pour ne pas oublier, lorsqu'il sent que sa mémoire flanche et qu'il a besoin de preuves tangibles de son passé.

— C'est le genre de lettre… dit Alice. Le genre de celles qu'on ne reçoit qu'une seule fois dans une vie. Qu'on lit puis qu'on relit. Je l'ai parcourue, d'ailleurs, à différentes époques, jusqu'à la connaître par cœur. C'est une lettre authentique et pourtant incroyable. Sincère, amoureuse et séduisante. Réelle et imaginaire. Visionnaire et folle. Enfin, c'est un message auquel il m'était impossible de ne pas succomber. Je n'avais jamais rien lu de semblable. Je me demandais si l'homme qui l'avait écrit était complètement fou ou bien génial. Je pensais qu'il se moquait de moi, aussi. Que c'était une sorte de plaisanterie. Puis je me suis dit que je ne pouvais pas passer à côté de quelqu'un comme lui. Parce que j'étais tombée amoureuse de lui, même si je ne voulais pas me l'avouer, mais je l'ai fui, pensant qu'il n'était pas pour moi.

— Cherche-la, je t'en prie… Je veux trop la lire ! dit Clara.

— *Ma passion, c'est l'écriture. J'aimerais beaucoup écrire des romans. Et toi ?*

— *Moi, j'adore la musique.*

— *Quelle musique ?*
— *Je suis fan de rap. Bigflo et Oli, Booba, Jul...*
— D'accord, chérie. D'accord.
— Dis-nous, Papy, ce que tu as écrit.

Mais Jules ne répond pas. Perdu dans sa rêverie, il regarde ses petites-filles. Évoquer le passé le plonge dans une insondable nostalgie : il lutte contre une forme de dépression qui finit par l'envahir avec l'âge. Il pense à l'époque où il avait encore de l'inspiration et du travail, où il bâtissait des maisons, des médiathèques, des auditoriums, il sent que son corps le lâche, que le cœur faiblit, il regrette sa vie d'avant, sa mobilité, ses voyages, ses projets.

De plus en plus souvent, il repense à son enfance à Montmartre, lorsqu'il jouait avec ses amis et qu'il se rendait le matin à l'école au pied du Sacré-Cœur, depuis la rue Feutrier, en bas de la butte. Quand il était jeune, il aimait s'aventurer sur les hauteurs de la ville et admirer les points de vue. Avec son grand-père, il faisait le tour du quartier en funiculaire pour contempler la plus belle image de Paris, en haut des marches du Sacré-Cœur. Il aimait aussi le parc des Buttes-Chaumont, escarpé, construit sur des carrières, avec ses grottes et ses cascades, son pont suspendu et sa folie au sommet du belvédère. Son lac où pataugent les canards et les poules, et sa vue, depuis les coins de verdure pentus. Le parvis du musée de l'Homme, avec sa perspective sur la tour Eiffel et le tourbillon incessant de la ville. Toute cette énergie l'inspirait. Que faire maintenant qu'il n'a plus rien à gagner, plus rien à perdre ? Que dire sinon s'épancher sur ses souvenirs, ceux qu'il aime évoquer devant ses petites-filles ? Que raconter, si ce n'est tenter de transmettre mais à qui, et quoi ? Et surtout, à quoi bon ?

Après le déjeuner, Jules et Alice font une marche sur le littoral pendant que les filles restent à la maison. Ils aiment entendre battre le pouls de l'océan lorsque la mer est haute. Par marée basse, ils parviennent à l'île Madame. Ils contemplent les plages vides aux longs pontons qui s'avancent vers la rive bordée de maisons de pêcheurs. Ces petites cabanes sur pilotis, aux grands filets suspendus sur l'eau, permettent de contempler l'horizon. Ils en louent une pour l'été, ils adorent y prendre l'air du large l'après-midi, comme s'ils étaient sur un bateau. Ils passent ces moments calmes en compagnie l'un de l'autre, à causer, de tout, de rien, à se taire aussi et à rêver. Ils sont arrivés à une connaissance réciproque si intime, une attention telle, qu'ils ressentent une forme d'harmonie après un long apprentissage : ils se sont découverts, tels qu'ils sont dans l'intimité. Chaque jour, elle se rapproche de lui, et lui d'elle, avec de la patience, des efforts, de la persévérance, de la proximité, dans cette petite existence de retraités. Le mariage, la vie commune, les enfants – et ce désir de poursuivre leur chemin – les ont rendus presque indissociables avec le temps. Ils se sont tellement mélangés l'un à l'autre qu'ils ont fini par se ressembler, même physiquement.

— À quoi tu penses ? demande-t-elle.
— À rien.
— Si ! Je vois bien que tu es préoccupé.
— Non, non…
— Vas-y, dis-moi…
Alice le regarde attentivement.
— Je n'ai plus goût à rien, dit Jules.
— Tu déprimes.
— Non. Ce n'est pas une déprime. C'est un sentiment de solitude. Oui c'est ça… je me sens seul.
— Seul comme un vieux loup de mer !
— Seul comme un chien.
— Et moi ?
— Toi… Il n'y a plus vraiment de toi.
— Quoi ?
— Tu fais partie de moi, Alice.
— Tu as tes enfants, tes petits-enfants.

— Ils ne viennent pas souvent me voir. Quand on pense à toute la place qu'ils avaient dans nos vies. Maintenant ils sont comme des étrangers.

— Alex travaille avec toi ! Tu l'entends ou tu le vois tous les jours.

— Alex n'a nul besoin de moi. Il fera bien mieux, et j'en suis heureux. Émilie… on ne la voit que deux ou trois fois par an. Je n'aime pas son mari. Il est égoïste et hypocrite.

— Elle se sent isolée à Londres. Sa belle-famille la déteste, sa belle-mère l'a prise en grippe. Elle m'appelle tous les jours en pleurant.

— Je connais la chanson… Vous me manquez… J'ai envie de rentrer, mais je ne peux pas à cause de Gary et des enfants. J'ai l'impression que je me suis mise toute seule dans un piège qui se referme tous les jours sur moi… Je ne sais pas quoi lui dire, je me sens responsable.

— De quoi ?

— J'ai parfois le sentiment qu'on n'a pas été à la hauteur, en tant que parents.

— On n'est jamais à la hauteur.

— Et je ne sais pas ce qu'il lui a mis dans l'esprit. Quand on va chez eux, on n'a pas le droit de manger de viande ni de gluten, ni même de légumes sauf s'ils sont bio.

— On ne peut rien faire, dit Alice. On peut juste subir. Observer.

— Et pourtant, s'ils nous écoutaient...

— On peut simplement attendre qu'il se passe ce que nous avions redouté, et puis après, être là pour les consoler.

— Tu vois, comme on est seuls.

— Tes petites-filles t'adorent. Elles aiment t'écouter et discuter avec toi.

— Mais elles ne viennent pas souvent.

— Au fond, tu n'as pas le moral parce que tu t'ennuies.

— C'est vrai. Je ne sais plus quoi faire de moi.

— Je ne te suffis pas, alors ?

— Tu es ce qui me retient à la vie. Que ferais-je sans toi ?

— Tu appellerais tes amis ?

— Toi et moi nous sommes arrivés à un âge où ils sont morts ou perdus de vue. J'ai du mal à faire le deuil de mon frère. Tu comprends ? Je n'ai plus de famille.

Jules se retient de pleurer, comme à chaque fois qu'il évoque la perte des siens. Alice le console, lui rappelle les bons moments passés avec son frère, les dimanches matin au club de foot, les discussions sur les filles, les profs et les copains, les fous rires et les marches à la montagne où ils étaient envoyés pendant l'été dans un camp scout, ces vacances qui ont scellé leur lien tout autant que l'après-guerre, les soirées d'adolescents et la préparation du premier, puis du deuxième baccalauréat.

— Mais les amis, murmure Jules, il n'y en a plus. Tu vois… J'ai appelé Paul, l'autre jour. J'ai laissé plusieurs messages. Il ne m'a pas répondu.

— Jules, dit Alice. Il faut que je te parle.

— Je me prépare, dit Jules sans l'écouter, ce qu'il fait de plus en plus souvent, comme s'il ne l'entendait pas.

— À quoi ?

— Je ne sais pas. Je suis sur le qui-vive. Je fais attention.

— À qui ?

— Je commence à me demander s'il y a une vie après la mort.

— Tu sais ce que j'en pense.

— Quoi ?

— Nous sommes poussière et nous retournerons à la poussière.

Jules la regarde, ses yeux bleus s'obscurcissent, ses lèvres tremblent.

— J'ai peur parfois.

— De quoi ?

— De la mort. J'ai peur de mourir avant toi et de te laisser seule. Et aussi j'ai peur de ne pas mourir. Je ne veux pas rester sans toi. Je ne sais plus quoi faire, quoi penser. J'ai l'impression de perdre la tête. Tout m'effraye.

— Tu me déprimes, Jules. Je ne sais plus quoi dire.

— Et puis j'ai peur qu'on m'enterre, et que je ne sois pas mort. J'ai cette angoisse de me réveiller dans une tombe, seul, dans le noir.

— Mais non, dit Alice, en lui prenant la main. On t'enterrera avec ton téléphone portable et ta télé.

— Je te remercie bien, ça me rassure grandement.

— Écoute Jules... écoute-moi bien. Ça fait plusieurs fois que j'essaye de t'en parler, mais j'y arrive pas... Paul...

— Quoi ?

— Il ne répond pas car il n'est plus là.

— Il est où ?

Jules la regarde, ses yeux se remplissent de larmes. Sa main se crispe sur celle de sa femme.

— Que dis-tu...

— Il est décédé le mois dernier, c'est son fils qui me l'a appris. Je n'ai pas osé te le dire.

— J'ai du mal à respirer, dit Jules. Pourquoi tu me l'as caché ?

— J'avais peur que ça ne te fasse un choc. J'attendais de trouver le bon moment.

— Je ne veux pas retourner à l'hôpital.

— Tu ne penses qu'à toi, Jules. Moi aussi, si tu veux savoir, je suis triste. Je suis triste que Paul soit mort. Et Tata Josette me manque. J'ai une peine folle, parfois je n'arrive pas à me lever le matin. J'ai de plus en plus de mal à marcher. Depuis mon éventration, je ne digère plus les repas, je me sens mal après avoir déjeuné, je ne peux plus dîner. Le soir, je ne peux rien avaler, j'ai la nausée. Moi aussi j'ai l'impression de perdre la tête. Je ne me rappelle plus bien certaines choses. Je mélange les souvenirs. Tu t'en es aperçu ?

— Mais non, tu sais bien. Moi aussi j'oublie tout.

— Parfois je sors, et soudain, je ne sais plus pourquoi. Ça m'affole.

— Que voudrais-tu ?

— Je voudrais rentrer à Paris.

— Revenir en arrière…

— J'y ai mes marques, mes repères, mes lieux. Pour être plus proche d'Alex et des filles, et aussi d'Émilie. Et je serais plus rassurée d'y passer nos vieux jours. Il y a des médecins, des hôpitaux accessibles, on pourrait se faire soigner, ne pas être seuls. Et tu sais comme j'aime Paris.

Jules ne dit plus rien, prostré et contemplatif devant la marée qui monte : il attend le moment où la mer revient et recouvre l'étendue de sable, cela prend des heures avant le reflux.

— Je ne pense pas qu'à moi, murmure-t-il. Je pense tout le temps à toi, depuis le début, depuis la première fois. Tu te rappelles ? Le mariage, la nuit sur la terrasse au bois de Boulogne. Ce soir-là, j'ai compris que j'étais fou amoureux de toi.

— Tu étais fou, tout court. Tu ne me connaissais pas. Et tu ne me connais toujours pas.

— Personne ne te connaît comme je te connais. Je sais tout de toi. Je connais tous tes secrets. Je sais que tu m'as trompé.

— Tu ne sais pas avec qui.

— Avec qui ? dit-il en soulevant le sourcil.

— Ça t'intéresse ? Tu disais que tu préférais ne pas savoir.

— Si, j'aimerais savoir quand même.

— Pourquoi ? À quoi ça t'avance aujourd'hui ?

— Comme ça je sais à qui j'ai affaire. C'est toujours intéressant, de savoir.

— Et alors, tu comptes me quitter, à ton âge ?

— Bien sûr. Pourquoi pas ?

— Tu as horreur de la solitude. De la vraie solitude.

— Alors, dis-moi… Avec qui tu m'as trompé ?

— Je suis tombée amoureuse.

— Je sais, oui.

— Pas de toi. D'un autre.

— D'un autre que moi ?

— Tu es orgueilleux ! Tu ne t'es aperçu de rien. Pourtant, à une époque, j'aurais pu tout quitter pour lui.

— Comment ça, *lui* ? Mais de qui tu parles à la fin ?

Alice continue, comme dans un rêve. Cette fois, c'est elle qui ne l'écoute pas, ne l'entend pas.

— Il ne pouvait pas quitter sa femme, ou plus exactement, la décevoir. J'avais peur, j'étais angoissée de vieillir, je l'aimais, si j'avais pu, j'aurais aimé avoir un enfant de lui. Le jour de notre rupture, je suis allée me cacher dans la salle de bains pour pleurer, et que tu ne voies pas que j'avais du chagrin. J'ai voulu tout arrêter, j'ai même annulé un week-end où nous devions partir, tu te souviens, on devait aller à Naples ?

— Oui, je me souviens. Je n'ai pas compris pourquoi tu ne voulais plus partir.

— Tu n'as jamais rien compris. Tu ne savais rien de ce que j'étais en train de vivre, à ce moment-là.

— C'était le jour du 11 Septembre, dit Jules. Comment l'oublier. Ce moment où j'ai su que rien ne serait plus jamais comme avant, et aussi que tu avais un amant.

Jules et Alice fixent l'horizon en silence. Cela dure une heure peut-être, pendant laquelle chacun est perdu dans ses pensées.

— Qu'est-ce qui nous a tenus ensemble, finalement ?

— Les enfants, dit-elle.

— Non… il y a quelque chose de très fort entre nous, qu'on ne me fasse pas croire qu'on est ensemble uniquement pour les enfants.

Et soudain, comme s'ils avaient peur de se perdre, leurs mains se touchent, s'agrippent, se caressent. Il la regarde et se dit qu'il n'a jamais aimé une autre femme. Il porte sa main vers ses lèvres et regrette le temps où leurs corps s'étreignaient jusqu'à la fin de la nuit.

— C'était qui ?

Paris, janvier 2008

Pour fêter les soixante-quinze ans de Jules, sa famille et ses amis se sont réunis dans le loft qu'Alice et lui occupent depuis peu à Montmartre, et qu'il a rénové. Sur les hauteurs, entouré de vignes, le petit atelier d'artiste au dernier étage d'un hôtel particulier donne sur une venelle pentue, non loin de la rue Feutrier. Jules l'a fait agrandir en supprimant des cloisons, a conçu une large pièce qui fait office de réception, de salon et de cuisine, qu'il a décapée et repeinte, et dont les poutres structurent l'espace. Il aime se promener sur les lieux de son enfance et ceux du temps où, avec son frère Maurice, ils se rendaient cartable sur le dos à la petite école de la rue Lepic. Il jouait avec ses amis dans le square en haut de l'avenue Junot. Il connaît chaque passage qui mène d'une maison à l'autre, les escaliers dérobés ou les ruelles. Il se rappelle les bars, le funiculaire, les ateliers de couture, les échoppes, tout lui revient en mémoire, et les souvenirs anciens deviennent vivaces. Les rues pavées avec leurs réverbères en fonte convergent vers la majestueuse basilique qui illumine le mont et lui fait penser à ce gâteau blanc qu'on appelle Merveilleux, et que son frère et lui se contentaient d'admirer dans la devanture des boulangeries. Avec Maurice, il jouait aux billes pendant que leur mère passait son temps à briquer le petit deux pièces dans lequel ils vivaient. Tous les jours, ils allaient prendre le goûter chez leurs grands-parents, qui habitaient rue Caulaincourt, dans un appartement étroit et sombre. Il aimait beaucoup venir les voir. Ils parlaient de leur jeunesse, et de la guerre. Ils en étaient restés craintifs et précautionneux. Ils s'approvisionnaient sans cesse et n'aimaient pas jeter. Ils se passionnaient pour la politique. Il fallait absolument qu'ils sachent ce qui se passe dans le monde et autour d'eux. Tous les jours, ils lisaient les journaux. Ils avaient besoin de tout savoir.

Jules est rentré fatigué de l'hôpital où il est resté une dizaine de jours. Il porte désormais un Pacemaker. Alice prend soin de lui, s'occupe des courses, des repas et des pilules qu'elle doit lui administrer. Elle se soucie de son mari comme d'un enfant. Le réveille le matin, lui prépare son petit déjeuner, son repas de midi, le goûter et le souper. Le couche, le borde, le rassure lorsqu'il fait des cauchemars, l'emmène tous les jours au jardin du Luxembourg. Ils n'ont pas vraiment d'autre conversation que celle d'une maman et son bébé, elle lui demande si ça va, s'il a faim, froid ou mal quelque part, s'il désire faire une promenade. Le console quand il pleure, et souvent il pleure. Elle coiffe aussi sa belle chevelure, halo diaphane autour de son visage lisse, altier, éclairé de ses yeux bleus.

Pour son anniversaire, Alice a préparé un repas à base de saumon fumé, de tarama et de blinis, de cornichons et de pommes de terre, un buffet russe comme il les aime, arrosé de vodka. Leur fils Alexandre est venu avec sa femme Nelly, leurs filles Clara et Léa jouent aux cartes sur la table du salon avec leur grand-père et leur grand-oncle. Jules reçoit un appel sur son portable : c'est Émilie qui est à Londres pour un concert. Elle est désolée de ne pas pouvoir venir, elle s'était engagée depuis longtemps pour cette soirée à l'église St Mary Magdalene organisée par une association écologiste. Elle lui souhaite un bon anniversaire, elle l'embrasse de tout cœur, il lui manque, ciao, bye bye Papa, puis juste avant de raccrocher, elle lui lance :

— Papa… Gary m'a demandé en mariage.

— Ah… C'est pas un peu tôt ? Vous vous fréquentez depuis combien de temps ?

— Fréquentez ! Mais comment tu parles, Papa.

— Comme un homme de mon âge. Vous sortez ensemble depuis longtemps ?

— Ah c'est mieux. Mais pas tout à fait ça encore.

— Vous… flirtez ? Bref, tu es amoureuse de lui ?

— Comment on sait si on est amoureux ?

— Cette question ! murmure Jules, perplexe.

— Dis-moi… ?

— Je crois qu'on le sent… C'est une évidence. Même lorsque tout est contre soi, on n'a pas de doutes. C'est après que ça se complique.

Jules raccroche, triste, nostalgique de la petite fille qu'elle était et qu'il aurait voulu davantage garder près de lui. Il devrait être heureux de la nouvelle qu'elle vient de lui annoncer et pourtant, il rêve de l'en dissuader. Alexandre s'approche de lui, demande s'il va bien, il voit que Jules est bouleversé. Il n'a pas la grande taille de son père et souffre d'être plus petit, même s'il a hérité de son regard, de ses beaux cheveux, sa bouche aux lèvres fines, délicates, et du sourire avenant de sa mère.

— Ta sœur n'est pas là pour mon anniversaire.

— Moi je suis là, Papa.

— Tu n'es même pas venu me voir à l'hôpital, lui reproche Jules.

— Je ne pouvais pas avec le boulot, je te l'ai dit.

— Même pas le soir ? Et de quel boulot tu parles au juste ? J'ai toujours pas compris ce que tu fais.

— Et c'est parti… les reproches insidieux, juste pour me faire descendre plus bas que terre. Pas étonnant que tu ne nous aies rien transmis, à Émilie et à moi, à part la culpabilité.

— Quoi ? Tu veux que je te dise tous les sacrifices que j'ai faits pour vous ?

— Quels sacrifices ? Maman et toi vous avez toujours vécu pour vous. Vous ne nous avez jamais parlé de votre enfance, de vos parents, de vos grands-parents, on ne sait rien ! On dirait que vous êtes nés d'une génération spontanée. Vous ne nous avez appris aucune coutume, aucune histoire, rien qui nous vienne de notre héritage. Et pourtant, vous vous scandalisez de notre ignorance.

— Je rentre juste de l'hôpital et déjà tu m'accables.

— C'est à cette occasion que j'ai compris que tu avais failli dans ton rôle de père.

— Et toi, tu n'arrêtes jamais, n'est-ce pas… C'est facile de m'accuser de tous les maux.

— Je t'accable parce que je suis mal… Mon psy me fait prendre conscience de plein de choses.

— Quel psy ? demande Jules. Tu vas voir un psy ?

— Jean-Claude Bansard, tu le connais ?

— Je le connais… Je le connais même très bien… C'est pas un psy de couple ? Tu sais bien pourtant comme c'est compliqué pour nous, on est nés juste avant la guerre.

— Et alors ? Comment veux-tu qu'on se construise sur le silence ?

— Comment veux-tu qu'on survive sans le silence ?

— Tu sais quoi, Papa… tu n'as jamais pensé à autre chose qu'à toi. Maman a raison. Tu n'as pas été un père. T'as été un copain, un grand frère, parfois un lointain cousin.

— C'est Maman qui dit ça ?

— Non, c'est moi.

— Je pensais que c'était mon anniversaire, dit Jules, pas ma fête. Je connais tes reproches et tes revendications et tu veux que je te dise la vérité ? Je m'en fous. Alors si tu n'es pas content, tu n'as qu'à partir Alex. C'était pas la peine de venir pour me dire ça aujourd'hui.

— Je suis désolé, dit Alexandre, le regard sombre. Tu viens, Nelly ? ajoute-t-il à l'attention de sa femme. J'ai tenu à peu près cinq minutes et j'en peux déjà plus. On part. Bon anniversaire, Papa !

Alice qui voit son fils s'en aller, furieux, tente de faire bonne figure, de recevoir ses amis, Paul et Marie-Claude, Marc et Sophie, quelques collègues, des cousins, des neveux et des nièces. C'est joyeux et festif. Elle boit pour oublier les tensions entre son mari et son fils, le départ de sa fille, la dépression de Jules, et son âge qui lui pèse, cette vieillesse inexorable. Depuis le décès de Josette, elle s'autorise un verre de temps en temps. Quand cette dernière a été hospitalisée, Alice lui promettait de revenir la voir le lendemain, le surlendemain, et elle lui répondait toujours, « si tu peux, sinon c'est pas grave ». Mais Alice n'a pas trouvé le temps, elle avait trop de travail, elle ne savait pas que c'était important, elle ne voulait pas comprendre. Tout est allé tellement vite. Elle est décédée dans ses bras, et depuis, hantée par cette vision, Alice a du mal à faire face à son absence.

— Viens ma belle, dit Jules en la voyant préoccupée. C'est la dernière danse.

Il l'entraîne sur « Cette année-là » de Claude François, comme lorsqu'ils étaient jeunes et qu'ils allaient chez Castel. Elle se met à rire, à fumer et à boire, puis d'autres les rejoignent, Sophie et Maurice et les adolescents qui prennent possession de la playlist, « Relax », chante Mika, « Take it easy ».

La musique s'arrête, Paul en profite pour prendre la parole. Les yeux sombres, la barbe poivre et sel et les cheveux coupés court, il porte son âge avec élégance dans son costume croisé, à l'italienne. D'un ton presque solennel et grave, il dit son amitié pour Jules, depuis le jour où ils se sont rencontrés dans un désert au fin fond de l'Algérie. Jules était officier, lui simple soldat. Ils ont combattu ensemble, et ont combattu l'idée de combattre. Et dans la chambre, le soir, ils parlaient pendant des heures, se racontaient leur vie, leur enfance, leur guerre, et répondaient aux lettres d'Alice.

— Ensemble ? murmure Alice.

— Je peux l'avouer maintenant, dit Paul, il y a prescription, on les rédigeait ensemble. Jules et moi on s'est voués l'un à l'autre dès le premier moment. Sans lui, je ne serais pas ici, c'est lui qui m'a aidé, qui m'a poussé à faire Sciences-Po, et accueilli comme un frère. Sans lui, je n'aurais pas connu ma femme, Marie-Claude. C'était en mai 68, on était au milieu des gaz lacrymogènes, et ce jour-là a changé ma vie, à tout jamais.

Paul se trouble, il est ému, boit un verre d'eau. Alice en profite pour apporter le gâteau, Jules souffle les bougies, et c'est à son tour de faire un discours. Tous l'attendent et le regardent, silencieux, lorsqu'il déplie le papier sur lequel il a écrit quelques mots...

— Puisque l'occasion se présente, je voudrais vous lire ce que j'ai préparé, dit-il. C'est pour toi, Alice, que je l'ai écrit. Seul, oui seul... C'est toujours pour toi que j'écris, depuis le commencement de notre histoire...

Jules pose des lunettes sur son nez et lit :

— Alice, je veux dire ce soir à quel point ma vie ne serait rien sans toi. Tu es tout pour moi, je donnerais tout pour toi. Je suis bouleversé par ce que nous vivons aujourd'hui, mais aussi par ce que je ressens près de toi, à chaque instant. Je vois tout ce que tu es, plus que jamais, et te découvre chaque jour à travers ce que nous sommes devenus ensemble. N'oublie pas, je me jetterais dans la Seine si tu me le demandais. Je t'aime mon amour. Tu es ma vie. C'est exceptionnel ce qu'il y a entre nous. Tu me donnes la force que je n'ai pas et que je ne trouverais nulle part ailleurs.

Alice vient l'embrasser, une musique retentit, c'est le slow de leur vie, « L'Été indien », et ils s'aimeront encore lorsque l'amour sera mort. Qu'est-ce que cela signifie, lorsque l'amour sera mort ?

— Nous avons été si longtemps ensemble, dit Jules. Cinquante ans ont passé comme un éclair. Des péripéties comme tout le monde. Mais nous avons tenu. Qui l'aurait cru, lorsque nous nous sommes rencontrés ?

Comment avons-nous fait ? pense-t-il. Avec nos cœurs solitaires, nos errances, nos atermoiements, nos élans et nos faiblesses, nos petits drames et nos grandes trahisons. Comment avons-nous réussi à nous supporter dans les moments difficiles et à ne pas nous fuir au bout de tant et tant d'années ? Comment continuer avec l'âge qui vient ? Se donner l'un à l'autre, se plaire et se désirer, se trahir et le regretter, s'aimer et se haïr…

Jules regarde Alice qui se dit qu'il est beau. S'ils n'étaient pas ensemble, elle le trouverait séduisant avec sa chevelure soyeuse, ses yeux bleus, son élégance naturelle et son sourire affectueux. Sa façon de parler, de s'intéresser aux autres, d'évoquer ses projets et ses rêves. Il s'approche d'elle, respire son cou. Ce parfum m'enivre, c'est toujours le même, ce sillage sur ton passage, obsédant et capiteux, comme un nectar, peut-être suis-je envoûté par ton odeur. Mais oui, danse ma belle, tant que tu es belle, que nous est-il possible d'espérer ? Est-ce que le désir demeure lorsque l'amour se meurt ? Est-ce que l'amour s'en va lorsque le désir s'efface ou est-ce qu'il éclôt justement – délesté de ses oripeaux, cette enveloppe corporelle qui nous égare ?

Venise, mai 2002

— Allez, dit Alice qui arrange le nœud de cravate de son mari, dépêche-toi ! Il faut y aller maintenant.

Jules se regarde dans le grand miroir rococo au milieu du salon qui orne la chambre d'hôtel d'un halo lumineux. Il se plaît : il est bronzé, son visage est lisse, il a peigné ses cheveux en arrière, ses lèvres fines découvrent un large sourire, ses yeux pétillent lorsqu'ils se dirigent vers sa femme qui est vêtue d'une robe noire, serrée à la taille, comme dans les années cinquante, du temps où ils se sont rencontrés. Ses yeux sombres, ses lèvres qui tremblent un peu, son poing qui se referme nerveusement expriment l'angoisse et l'émotion, en ce jour où son fils se marie. Jules regarde Alice, intensément : il sourit de la voir bouleversée, même s'il ignore la raison profonde de son trouble.

Elle sait bien qu'elle va le revoir, ce soir. Qu'il sera forcément présent à cette soirée. L'homme qu'elle a aimé en secret – et son cœur qui tambourine dans sa poitrine comme s'il s'agissait d'une porte de prison, lui indique qu'il n'a pas cessé de battre pour lui. Pourquoi est-elle si nerveuse à l'idée qu'il soit à côté d'elle ? Est-ce qu'elle le désire toujours ? Est-ce que Jules va finir par s'en rendre compte ? Et comment vont-ils réagir à se revoir, l'un et l'autre, en public et devant tout le monde ? Cette liaison ne doit pas être découverte, sous aucun prétexte, à aucun prix. Et surtout pas de leurs enfants respectifs qui ne leur pardonneraient jamais.

— Voilà, dit Jules, voilà. Je suis un peu ridicule dans ce froc, non ?

— Tu sais bien, dans la belle-famille ils sont attachés aux protocoles, surtout du côté de la belle-mère !

— J'ai vu la façon dont tu les regardes.

— Et quoi ?

— On dirait que tu les toises.

— Mais non.

— Et puis ta belle-fille…

— Quoi ? Je l'aime beaucoup.

— Oui, bien sûr. Sauf que tu n'arrives pas à lui adresser la parole.

— C'est pas vrai, on a été faire des courses ensemble.

— En vérité, tu ne peux pas la voir depuis le premier jour. La tête que tu as faite quand Alex a ramené Nelly à la maison ! Je m'en souviendrai toujours.

— J'avais l'impression qu'il n'était pas amoureux d'elle.

— Qui sait ? Tu es révoltée que ton fils ait osé te faire ça. Une autre femme dans sa vie !

— Faux, Jules… J'aimais beaucoup la précédente, comment s'appelle-t-elle ? Laura ?

— Sarah.

— Je n'ai pas compris pourquoi ils se sont quittés. Ils étaient bien ensemble.

— C'est elle qui est partie à cause de son mauvais caractère.

— Et c'est par dépit qu'il est tombé dans les bras de Nelly.

— Tu vois, tu ne l'aimes pas.

— Tu as pensé au discours ?

— Je n'ai rien préparé, dit Jules. J'improviserai.

— Tu aurais pu écrire un texte. Je n'arrive pas à croire que tu n'aies rien fait. Je t'avais dit pourtant de réfléchir à quelque chose…

— Je n'ai pas eu le temps.

— Et ça veut dire quoi, pas eu le temps pour ton fils ?

— Pourquoi es-tu si nerveuse ?

Jules la regarde, soudain intrigué. Elle se trouble, ne sait quoi dire, tente de se justifier.

— C'est un jour spécial.

— Ne t'inquiète pas, Alice. Ce sera parfait. Tu es très belle ce soir. Vraiment sublime. Tu as fait quoi à tes cheveux ?

Il s'approche d'elle, l'embrasse, lui glisse une main sur les hanches, fait mine de la dévêtir, elle en rit, le caresse, lui rend son baiser. Il s'émerveille de la voir si séduisante, il s'imagine que c'est pour lui. Que leurs bouches s'unissent, leurs corps s'enlacent. Que ses mains la dessinent, l'auscultent, la sculptent. Il la veut, la convoite, cherche son parfum, la douceur de sa peau.

Soudain, il l'enlace, la tient serrée contre lui, la porte vers le canapé sur lequel il la dépose, un poids plume, mais d'un mouvement maladroit, il fait tomber la lampe posée sur le bureau et le joli luminaire Art déco explose en mille débris minuscules sur le sol.

— Jules ! s'écrie Alice avec effroi. Qu'est-ce que tu as fait ?

— Oh pardon… je suis désolé…

Alice se précipite pour ramasser les éclats et ce qui reste de la lampe, c'est-à-dire le pied en étain.

Elle tente de rassembler les gros morceaux mais elle n'y parvient pas, s'aide d'un mouchoir et se blesse. Du sang coule de ses doigts, elle ne peut plus l'arrêter.

— Attends, je t'aide, dit Jules en lui prenant la main. Il faut comprimer.

— C'est affreux, s'écrie-t-elle, en larmes.

— Mais non. Je vais t'apporter un pansement, dit Jules, c'est rien.

— Pas moi, la lampe ! C'est terrible, ce que tu viens de faire.

— Je suis désolé… Vraiment désolé. Mais pourquoi tu l'as apportée, au fait ?

— Tu le fais exprès ou quoi ? Je voulais l'offrir à Alex et Nelly.

— Mais non… ? Je ne savais pas, je n'ai pas compris pour quelle raison tu l'avais prise. Je me disais que tu avais peur de ne pas avoir assez de lumière dans la chambre d'hôtel.

— Tu es vraiment stupide, parfois. Et tellement maladroit. C'est pas croyable que tu l'aies cassée.

— Alice, je te demande pardon…

— Non, Jules. C'est irréparable.

— Je la chercherai partout, dit Jules en s'agenouillant. Je ferai tous les magasins d'antiquités Art déco du monde. Je la trouverai, coûte que coûte. La même, l'identique, la lampe sœur ou à défaut, l'âme sœur de cette lampe, son alter ego, sa jumelle, sa reproduction. Je te le promets. Alice, par pitié, ne te mets pas dans cet état !

Mais Alice est en pleurs, secouée de tremblements. Elle finit par prendre le verre d'eau que Jules lui tend. Cette lampe, elle y tient tellement. C'est une émanation, une réminiscence d'une époque qui n'existe plus, qui ne survient que par la vision de ces objets, vestiges du passé. De déménagement en déménagement, elle l'a précieusement emballée, pour éviter de la casser. Et voilà qu'avec un geste malheureux il a tout détruit.

— Rien ne pourra la remplacer, Jules. Ce qui est perdu est perdu.

Alice ravale ses larmes. Elle pense à l'homme qu'elle va revoir ce soir. Elle voudrait lui plaire. Elle a peur qu'il soit déçu. Elle se demande si elle a vieilli. Si cette lampe fracassée est un signe ou un symbole. Cela fait des années qu'elle s'est mise à lutter contre le temps. Elle a essayé dix tenues avant de choisir une robe, un chapeau, est allée chez le coiffeur et arbore une coupe au carré qui encadre joliment son visage. Elle a minci, fait du yoga presque tous les jours, elle a retrouvé une silhouette juvénile. Les jambes fines, le corps moulé dans un joli fourreau, elle tente de dissimuler son émotion.

La terrasse de l'hôtel où se déroule le mariage surplombe la baie de Venise. Jules et Alice sont assis à table avec les parents de Nelly : Jules, drôle et affectueux, Alice, sur la réserve. Devant eux s'ouvre la mer Adriatique, calme et voluptueuse avec ses petits clapots et ses vaporettos qui voguent des rives du Lido jusqu'à la place Saint-Marc. Dans une lumière crépusculaire, entre terre et ciel mélangés, les maisons semblent danser sur un miroir où elles se reflètent par un jeu de couleurs subtil et mystérieux, lorsque les derniers rayons du soleil se noient au fond de l'eau.

Alice est happée par le décor, la douceur du vent, les embruns, et les vapeurs de l'alcool. Troublée, elle entend des mots d'amour, ceux qu'il murmurait dans le creux de son oreille lors de ce week-end volé où ils avaient fui, tels des cambrioleurs de leur propre vie. Pour une fois, ils s'étaient sentis libres de s'embrasser en public, de prendre une chambre d'hôtel et d'y passer la nuit dans un sentiment de pure jouissance, celle d'un moment secret et unique, qui n'aurait lieu qu'une fois dans la vie. À Venise, elle avait découvert un homme sensible, délicat, intense, respectueux et impétueux. Elle s'était laissé emporter par un sentiment qui l'entraînait très loin d'elle-même, la déchirait et la broyait.

Jules parle et plaisante avec les invités. Spirituel et charismatique, il est apprécié de tous. Lorsqu'il évoque son métier ou encore sa nouvelle passion pour l'archéologie et les peuples antiques, il captive son auditoire. Il est là et il est ailleurs, entre deux mondes, deux rêves, deux désirs, pris entre deux feux, insaisissable. Il est beau, et le temps n'y peut rien, le sport entretient sa forme, alors que son frère s'est laissé gagner par l'embonpoint avec l'âge, et ressemble de plus en plus à leur père, Jo.

Jules rit avec Maurice, lui frappe dans le dos, le prend par les épaules. Avec ses cheveux blancs et ses yeux bleus, il a le même visage que Jules, qui lui murmure quelque chose à l'oreille et le fait sourire. Puis il lui parle de leur père, décédé depuis dix ans déjà. Il est celui auquel on s'en remettait, à qui on demandait conseil. Fidèle à son engagement communiste, il incitait ses fils à faire de la politique. Maurice se félicite de n'avoir jamais fait ce choix mais Jules aurait aimé gravir les échelons du Parti socialiste, avant de prendre ses distances.

Alice, ce soir, n'est pas naturelle. Impressionnée, presque intimidée, elle se dirige vers Tata Josette qui vient d'arriver, pimpante et gaie, dans un fauteuil roulant. Elle arbore un sourire qu'on ne lui connaît pas, en cette journée où Alexandre se marie avec Nelly. Elle le complimente sur son costume qui met en valeur sa silhouette fine, sa chemise blanche rehaussée d'une cravate bordeaux, ses cheveux longs plaqués en arrière, et son sourire gracieux, un peu timide lorsqu'il aperçoit la mariée qui illumine la nuit de sa robe immaculée. Rien n'échappe à Tata Josette, et surtout pas le trouble d'Alice, qu'elle met sur le compte d'une dispute avec Jules. Mais non, ce n'est rien, dit Alice. C'est le mariage, ce soir.

Accoudés à la rambarde, Jules et Maurice regardent la mer. Jules réfléchit à ce qu'il va dire lors de ce discours qu'il n'a pas préparé. Il sait bien pourquoi. Il songe à sa difficulté à dialoguer avec Alexandre. Dès qu'ils se voient, la tension monte, au moindre mot, c'est comme s'ils étaient tous les deux prêts à exploser de rage. Les dissensions et les reproches surgissent au point qu'il n'en peut plus, qu'il a fui et a cherché la paix ailleurs, pour éviter les problèmes et laisser sa femme s'en occuper. Alexandre n'en a jamais fait qu'à sa tête. Il a arrêté de travailler en seconde, il a raté son bac, puis après l'avoir eu, il s'est inscrit en fac de droit, a échoué en première année – mais quand trouvera-t-il sa voie ? Et les crises de nerfs, les crises de larmes, les crises d'adolescence, les crises économiques, toujours des drames. Qu'a-t-il fait de mal, à part être son géniteur ? Ne l'a-t-il pas éduqué ? Était-il absent, pas assez attentif, pas assez père ou peut-être un peu trop ? Alice lui reproche d'être laxiste, de lui avoir donné une éducation libertaire. Lorsque Alexandre était petit, il ne lui a jamais fixé de limites. Plus tard, quand il a arrêté ses études pour se consacrer à une carrière artistique, il l'a laissé faire. Lorsqu'il est devenu restaurateur, il l'a encouragé, puis il l'a aidé financièrement au moment où il a décidé de se marier. Mais jusqu'à quand ? Émilie, quant à elle, a toujours été plus indépendante. Violoniste, elle fait partie d'un orchestre avec lequel elle voyage beaucoup. Elle est venue au mariage avec son nouveau fiancé, un Anglais qu'elle a rencontré lors d'un concert à Londres. Les cheveux relevés en chignon, elle porte un fourreau noir qui souligne sa taille fine comme celle de sa mère, et un sourire joyeux illumine son visage.

Alice pense à son propre mariage, qui lui semble loin à présent. Est-ce qu'Alexandre est aussi amoureux de Nelly qu'elle l'était de Jules lorsqu'ils se sont rencontrés ? Elle cherche son mari, leurs regards se croisent. Il faut toujours qu'il sache où elle est, il ne supporte pas d'être loin d'elle plus de dix minutes sans savoir ce qu'elle fait, si elle a besoin de quelque chose. Il reconnaît entre mille sa silhouette, sa façon de marcher et ses gestes. Souriante, pimpante, elle reçoit ses invités. En les saluant l'un après l'autre, elle ne peut s'empêcher de guetter la venue de l'homme qu'elle attend et qu'elle redoute de voir, elle fait mine d'être occupée pour ne pas prolonger ce moment, elle s'éloigne pour mieux s'en protéger, tourne les talons et regarde ailleurs vers d'autres gens qu'elle connaît, auxquels elle s'empresse de dire bonjour pour se donner une contenance et ne rien laisser deviner de son trouble. Puis elle croise le regard de Jules : elle se dit qu'il a compris ; puis non, elle sait qu'il n'en est rien, il la suit des yeux comme il le fait toujours, comme s'il la surveillait, il lui sourit, revient vers elle et la prend par la taille, alors qu'Alexandre vient pour les embrasser, avec sa femme.

— Maman, Papa, vous formez un couple incroyable, dit-il. Depuis que je vous connais, vous n'avez pas passé un seul jour sans vous disputer. Et vous êtes toujours là, ensemble, amoureux comme au début... Nelly, je nous souhaite de passer notre vie ensemble comme nos parents. Papa, je t'en prie, c'est à toi ! Et attention, fais court s'il te plaît, parce que j'ai besoin de passer aux toilettes, merci.

Sur la terrasse aux tables dressées où trônent des bouquets de fleurs blanches et champêtres, Alice ne peut détacher ses yeux de son fils ni retenir ses larmes devant le jeune homme qu'il est devenu.

Elle regrette les moments où bébé, il était tellement attaché à elle qu'il ne supportait pas qu'elle quitte la pièce ; et plus tard, quand elle prenait son bain ou allait aux toilettes et qu'il l'attendait patiemment devant la porte. Les après-midi où elle l'emmenait au parc. Il a grandi, est devenu un garçon adorable et affectueux, un adolescent détestable, un jeune homme en colère. Qui est-il, en fait ? Elle l'ignore. Sa femme, Nelly, le sait-elle ?

Jules se lève. Avec prestance et dévotion il sourit à Alice et cherche son approbation.

Mais c'est un autre homme qu'elle regarde, dans la connivence d'un secret bien gardé, indicible et tabou – quelque chose de doux et de monstrueux. Si les autres savaient. C'est comme un frisson, une envie de tout faire basculer, de révéler au grand jour ce qui ne peut se dire. À nouveau, leurs yeux se cherchent et s'évitent pendant que Jules s'exprime au micro, tout à fait à l'aise et heureux de trouver un auditoire.

— À vrai dire, ce moment, on l'attend depuis longtemps. C'est que… On a eu un mal fou à le caser. Oui, Nelly, tu dois savoir. Pour tout dire, on n'y croyait plus. On se disait qu'on n'y arriverait jamais. Personne n'en voulait ! Nelly. C'est le plus beau jour de notre vie ! Fini l'hôtel-restaurant à la maison, les tagliatelles au potimarron et autres recettes écœurantes, les vacances à la mer pour lui faire plaisir, les conversations : qu'est-ce que je vais faire de ma vie, elle m'a larguée, est-ce qu'elle m'aime encore ? J'suis mal dans ma peau, je vais pas trouver de boulot. Je vous déteste, je veux partir, je peux plus vous voir en peinture. Lâchez-moi ! Et le mieux dans tout ça, Nelly : je vais enfin pouvoir prendre sa chambre pour en faire un bureau ! Vingt ans que j'attendais ça…

« Mais bouleversé par cette perspective… j'en oublie presque de parler de l'essentiel et de saluer nos chers hôtes.

« Je ne dis pas merci à ceux qui sont venus de loin, même de très loin… D'Espagne, d'Italie, d'Amérique… C'est fou ce que les gens peuvent faire pour détruire la planète… ! Non, sérieusement les amis ! Fallait rester chez vous.

« Merci à Tata Josette d'avoir fait l'effort d'être avec nous ce soir. Tout n'a pas toujours été simple entre nous mais vous savez que nous vous aimons, que vous nous êtes essentielle, car sans vous, nous ne serions pas là. Merci…

Il s'approche d'elle, lui fait un baiser, fait mine de la faire tomber de sa chaise roulante, puis il la relève, et reprend son discours, en s'époussetant.

— Alexandre et Nelly, je voudrais vous dire aussi une chose importante. Quand j'ai rencontré Alice, je savais que nous allions nous marier, mais j'ignorais tout de l'incroyable aventure que nous allions vivre. Nous l'avons fait ! Il y a eu des épreuves, des hauts et des bas, des rebondissements, des erreurs, des tempêtes, en particulier ce soir, j'en suis tout à fait conscient, n'est-ce pas, Alice, tu ne vas pas me larguer ce soir après mon pathétique discours ?

« N'oublie pas, Alice, que si tu me quittais, je me jetterais dans l'Adriatique… Tu sais que je suis fou. Mais parfois, il faut être fou pour faire avancer les choses. Nous avons eu nos enfants. Nous avons traversé cette vie et nous la finirons ensemble, lorsque nos amis ne seront plus nos amis, lorsque nos enfants nous auront quittés pour mener leur existence, et qu'ils nous laisseront seuls. Peut-être aurons-nous la mémoire qui vacille. Sans doute aurons-nous perdu la vue et l'audition, en plus de nos souvenirs. Nous commencerons à devenir confus et nous ne pourrons plus nous lever sans tomber.

« Et ce jour-là, nous referons connaissance comme au premier jour, lorsque nous nous sommes assis ensemble sur ce banc au jardin du Luxembourg, il y a presque cinquante ans. Et je serai heureux d'avoir passé ma vie avec toi, comme un homme qui aime et qui a été aimé.

Alice sourit, troublée et émue, l'orchestre entame « J'en rêve encore » de Gérald de Palmas, les invités se mettent à danser, Alexandre se dirige vers la piste au milieu de la salle pour retrouver Nelly, qu'il entraîne dans le slow. Alice en profite pour s'éclipser, et faire quelques pas sur la plage. Elle enlève ses chaussures. Elle allume une cigarette. Elle contemple la mer, agitée d'un léger clapotis, et dans laquelle plonge le reflet de la lune, pleine ce soir-là. Elle lève la tête et regarde le ciel illuminé d'étoiles, elle soupire, bouleversée et un peu ivre, elle a bu plusieurs verres pour dompter son émotion. La joie de marier son fils. Et celle que personne ne soupçonne, de revoir cet homme qui vient lui murmurer à l'oreille quelques mots d'une douceur qu'elle reconnaît sans peine. Elle se retourne pour découvrir celui qu'elle a aimé, ce visage au regard sombre sous ses sourcils épais, sa peau mate, comme tannée par le soleil. Et cette bouche, suave et charnue, souriante et triste, qui lui murmure tout bas :

— Qu'en dis-tu, Alice ? Combien de chances pour que nous nous retrouvions ici à Venise ?

— Quand Alexandre m'a dit que tu venais, j'étais troublée, murmure Alice.

— Je suis venu pour toi.

— Pourquoi ?

— Tu sais, Alice, je n'ai rien oublié… La première nuit… On a dormi ensemble comme si on s'était toujours connus. Comme si c'était la chose la plus naturelle du monde.

— Ce ne serait jamais arrivé sans ce voyage à Berlin…

— Et puis… Venise… Tu y penses encore ?

— Parfois. C'est moi qui ai tout gâché.

— Tu te sentais coupable parce que tu es une femme de devoir et tu as construit ta vie sur des solides piliers.

— Et toi… Tu as voulu quitter ta femme mais tu es resté, tu n'as pas voulu partir. Voilà, et c'est honorable.

— Non, ce n'est pas honorable. Je suis passé à côté de tout… Et surtout de toi. Tu me plais, j'aime être avec toi, je t'aime, j'aimerais qu'on se retrouve tous les deux, je ne veux plus consacrer ma vie à courir après quelque chose que je n'aurai jamais. Je suis trop vieux pour ça.

Alice observe derrière eux, les gens font la fête, mangent, dansent, Émilie enlace son père, Alexandre, heureux ce soir, lui donne une tendre accolade, et Jules la cherche du regard.

— Il se passe quelque chose entre nous. Tu ne crois pas ?

— Attends, murmure Alice en regardant derrière son épaule. Jules nous cherche.

— Et alors. Je m'en fous. Je vais leur dire, à tous. Et à Jules, aussi. Je vais lui parler, lui expliquer. Je suis prêt. J'étais là, Alice, au Flore. J'étais avec mes valises, prêt à tout pour être avec toi.

Paris, septembre 2001

Alice regarde sa montre : il est 14 heures. Elle a rendez-vous à 16 heures et son cœur bat la chamade. Ses mains tremblent, elle est oppressée, elle n'a pas dormi de la nuit, à hésiter, à se demander si elle a fait le bon choix ; à prendre sa vie en mains, mais qu'est-ce que cela signifie, prendre sa vie en mains ? Elle pense encore à sa famille et à ce que ses enfants vont dire d'elle – qu'elle parte avec Paul –, elle se dit qu'elle ne doit pas se laisser arrêter par leur jugement, et pourtant il est important à ses yeux, elle a construit sa vie pour eux, autour d'eux depuis qu'ils sont nés : ils sont devenus sa priorité, le sens de son existence. Puis elle s'en veut de se poser tant de questions, se reprend et se rassure, se dit qu'elle n'a rien à perdre. Que s'ils l'aiment, ils comprendront tout. Soudain elle envisage que Paul ne soit pas au rendez-vous, qu'il ait tout oublié de ce qu'ils s'étaient dit sept ans auparavant. Pourtant, elle s'en souvient. Elle a le vertige, son cœur va exploser, elle se rend dans le salon et allume une cigarette.

Alexandre sort alors de sa chambre. Une jeune femme blonde, aux yeux bleus, est avec lui. Les cheveux courts coupés à la garçonne, le visage rond et sérieux, on dirait qu'elle vient de se réveiller et sans doute est-ce le cas, Maman, voici Nelly. Nelly, je te présente ma mère. Enchantée Madame, très heureuse de vous rencontrer. Bon, eh bien au revoir, merci et à bientôt Madame. Les présentations ainsi faites, ils partent aussitôt comme s'ils venaient de saluer la réceptionniste de l'hôtel dans lequel ils viennent de passer la nuit.

Entre stupéfaction et colère, Alice fait quelques pas dans le couloir. Puis, tel un robot, elle se dirige vers le bureau où Jules travaille. Absorbé par ses plans, il ne lève pas la tête, indifférent à ce qui se passe sous son toit. Depuis peu, ils sont logés dans un appartement à Montparnasse, rue de Chevreuse, qu'ils ont réussi à acheter en s'endettant. Ils étaient locataires, les propriétaires ont décidé de vendre. Alice ne voulait pas – son journal vient d'être racheté par un groupe, un plan social se prépare, ce n'est pas le moment de s'endetter – mais Jules a tellement insisté qu'elle a fini par accepter. Il apprécie l'ambiance du boulevard avec ses boutiques, ses cafés, ses restaurants, ils sont à vingt minutes du jardin du Luxembourg où ils ont leurs habitudes, ils aiment se promener et prendre l'air, s'asseoir sur un banc devant le grand bassin où les enfants envoient les bateaux voguer au fil du vent. Ils se rendent souvent au cinéma, juste en bas de chez eux. Ils y ont vu *Le Fabuleux Destin d'Amélie Poulain*, *La Pianiste*, *Lost Highway*, et se sont découvert une passion pour Baz Luhrmann, dont ils ont adoré *Ballroom Dancing* et *Roméo + Juliette*. Mais cet après-midi, c'est sûr, Juliette s'apprête à quitter Roméo. Par un curieux chassé-croisé, ce dernier a choisi ce moment précis pour lui dire qu'il souhaite lui parler. Obligée de s'asseoir en face de lui, elle trépigne d'impatience et n'a qu'une seule envie : en finir, puisqu'elle est décidée à partir.

Jules s'installe devant la grande table basse recouverte de livres et de journaux. Le long du mur, une bibliothèque accueille les ouvrages historiques, politiques et scientifiques tout autant que la littérature et la philosophie, qu'il achète au gré de ses pérégrinations dans les librairies et chez les bouquinistes, à la recherche du livre rare de pensée universelle, comme s'il voulait combler ses lacunes et trouver un sens à la vie : il devient mystique, mystérieux et poétique alors qu'Alice, plus pragmatique, s'inquiète : ils n'auront jamais la place de tout ranger.

Alice se dirige vers la fenêtre, écarte les rideaux gris et les voilages pour l'ouvrir et prendre un peu d'air. Elle regarde les passants du boulevard du Montparnasse sur lequel donne leur appartement, du côté de Raspail à l'endroit où l'on trouve les cafés et les cinémas. L'animation qui y règne nuit et jour lui redonne espoir lorsque le cœur lui manque – et le cœur lui manque en cet instant.

Elle a préparé un sac, juste un sac, pour ne pas éveiller les soupçons. Par prudence, elle préfère être en avance. Elle s'est maquillée, a mis du fond de teint et du blush afin de se donner bonne mine alors qu'elle est livide, elle a discipliné ses cheveux mi-longs qu'elle a teints en brun, a revêtu une jolie robe pull et des bottines, a rassemblé des habits, quelques livres qu'elle a disposés dans son balluchon, celui qu'elle prend pour partir en week-end.

Elle s'est décidée : rien ne pourra la faire changer d'avis. Elle est amoureuse de Paul, elle désire faire sa vie avec lui, elle n'a qu'une peur : c'est d'être seule au rendez-vous. Qu'elle soit là et pas lui, qu'il ne vienne pas, qu'elle se sente idiote et ridicule, désespérée et fragile, larguée. Alors elle a préféré ne rien dire à Jules et partir tout simplement. Si Paul n'était pas là, elle rentrerait à la maison, comme si de rien n'était. S'il venait ainsi qu'elle l'espère, alors… il sera toujours temps de tout révéler à son mari. Elle imagine déjà la scène. Je suis partie, Jules. Je n'en peux plus de cette vie. Tu n'es jamais là. Même quand tu es avec moi, tu es ailleurs. Où es-tu, d'ailleurs ? Tu sembles avoir des nouveaux amis, mais je ne les ai jamais rencontrés. Qui sont-ils ? Sur quoi travailles-tu, tard le soir ? Qui es-tu ? Je l'ignore. Le sais-tu toi-même ? Es-tu avec moi lorsque je te parle de nos soucis d'argent et que ton regard s'évade ? Où est l'homme du lit blanc de nos noces, qui épousait mon corps et mon âme ? À quoi penses-tu lorsque tu m'embrasses, de plus en plus rarement ? Le sais-tu seulement, où tu es ?

Moi aussi je suis ailleurs, en chemin vers une autre vie. Je suis amoureuse d'un autre homme. Il me surprend, communique et communie avec moi dans cet étrange rituel que nous jouons à deux, en silence. S'embrasser, s'enlacer, en silence. Se découvrir, impatients et avides. Il s'émerveille de m'écouter, se passionne pour ce que je lui dis alors que tu ne m'entends plus et me regardes à peine, l'air vaguement intéressé, ou franchement agacé. Ce qui me lie à lui ravage mon cœur et me fait perdre l'esprit, et dois-je te l'avouer, Jules ? Je donnerais toute notre vie ensemble pour une seule minute avec lui. Quelque chose de physique et spirituel nous lie, qui me soigne et me ramène à ce que je suis vraiment. J'aime ses mains sur moi, ses yeux qui m'observent, ses lèvres sur les miennes, cette sensation de plus en plus intense et impérieuse, de tout vouloir de lui. J'ai trouvé l'homme de ma vie et je ne peux plus rester avec toi parce que je ne supporte plus ma solitude lorsque nous sommes ensemble. Je ne me suis jamais sentie aussi bien sans toi. Tu comprends ce que je veux dire ? Tu le sais, pourtant. Ce n'est pas une aventure, ni une révolte, c'est une révolution. Et si je ne la fais pas maintenant, à mon âge, je ne changerai jamais. Laisse-moi le peu de forces qu'il me reste, je t'en prie, laisse-moi partir.

— Que se passe-t-il ? dit-elle en s'asseyant. Tu voulais me parler ?

— J'aimerais t'emmener en voyage à Naples.

— Pourquoi ?

— Parce que Naples.

Il la regarde de ses yeux bleus, pleins de complicité et de mansuétude, il cherche à la séduire, et elle en éprouve une sorte d'agacement.

— Je sais. J'ai été beaucoup absent, ces derniers temps. N'est-ce pas ?

— Oui.

— Mon travail…

— Ton travail, bien sûr. Tes chantiers. Tes voyages, et puis la politique, depuis que tu t'y es mis.

— J'ai toujours été intéressé par la politique.

— Enfin tout est prétexte à partir de la maison. Même quand tu es là, tu es absent.

— Écoute, c'est fini tout ça.

— Pourquoi ?

— J'ai l'impression de n'être plus de gauche.

— Tu es… de droite ?

— Non. Tu sais bien. Je suis toujours à gauche… En fait, je suis de gauche. Mais pas de cette gauche qui n'est plus de gauche. Tu vois ce que je veux dire ?

— Tu es communiste ?

— Peut-être, après tout, comme mon père. L'hypercapitalisme sauvage va dévaster la planète.

— Sur ce point, Jules, je te rejoins.

— Tu sais, personne ne sait très bien où il en est. Pour dire les choses franchement, je ne sais même pas si la gauche sera au deuxième tour l'an prochain.

— Tu es toujours angoissé avec ça, dit Alice en regardant sa montre. Depuis que Mitterrand a été élu, tu considères le pouvoir comme un dû.

— Je ne m'intéresse pas au pouvoir. Et puis, qu'est-ce que c'est que cette langue de bois ?

— À force de vivre avec toi…

— Je te remercie. Mais tu sais quoi ? Je m'en fous. Je n'ai plus d'idéologie. Et puis… Je pense qu'il faudrait qu'on refasse l'amour toi et moi.

— Quoi, Jules ? Quel rapport ?

— Tu m'as bien entendu. Le rapport c'est que je n'arrive pas à être porté par un idéal quand il n'y a rien entre nous.

— Tu sais, dit Alice, tant de couples ne font plus l'amour après des années ensemble, je les écoute, mes amis. Et ce que j'entends, c'est leur peur.

— Peur de quoi ? Et de quels amis parles-tu ?

— Leur peur de se retrouver le soir au lit avec leur femme, voilà ce qui les effraye le plus. Il n'y a plus de désir entre eux, si bien qu'ils en deviennent frère et sœur.

— Et toi, tu en penses quoi ?

— Écoute, ce n'est pas un problème pour moi, en tout cas, ça ne l'est plus.

— On n'est plus un couple si on ne fait pas l'amour.

— C'est toi qui dis ça ? Le couple, j'y crois plus, j'ai déjà donné, on n'est pas près de m'y reprendre, de faire cette erreur.

— De quoi tu parles ?

— De nous.

— On est quoi, si on n'est pas un couple ?

— On est des partenaires.

— C'est rien ça.

— C'est rien et c'est tout. Ce sont des gens qui vivent ensemble, qui s'aident, et partagent une coparentalité. C'est déjà ça.

— Par pitié Alice, arrête avec les mots à la mode. On ne peut pas faire marche arrière, mais on pourrait refaire l'amour une fois par semaine, ou une fois par mois… ou une fois par an, non ?

— Mais qu'est-ce qui t'arrive, tout d'un coup ?

— D'abord je te trouve sublime, tu es de plus en plus belle.

— Non ! C'est pas vrai… Ne dis pas n'importe quoi. Je suis de plus en plus vieille. Tous les jours, je vois mes rides, ma peau s'affaisser, mes joues se creuser, mes seins tomber et ça m'angoisse, tu peux pas savoir comme ça m'angoisse.

— Eh bien quoi ? Ça m'émeut et suscite mon désir.

— Tu es pervers ?

— Il faut toujours que tu ironises. Tu pourrais dire, vive moi, vive l'amour ! Qui transcende les corps, la vieillesse, le temps.

— Je constate que tu as beaucoup évolué et c'est bien. Mais tu vois, moi aussi j'ai souffert, il a fallu que je me protège. Et j'ai changé.

— Je pense que tu as un amant.

— Pourquoi tu dis ça ?

— Alice ? Dis-moi la vérité.

— À mon âge, tu sais… j'ai renoncé à la sexualité ; je m'investis dans d'autres choses, spirituelles et intellectuelles, plus intéressantes. Ça tombe bien, je pense que ça ne t'intéresse plus, souviens-toi de ce que tu m'as dit il y a quelques années.

— Je ne me souviens pas. Et alors ça sert à quoi de dire ça ? Tu te tournes toujours vers le passé. Moi, ce qui m'intéresse, c'est le futur, c'est ce qu'on va construire maintenant, toi et moi.

— On a surmonté tant d'épreuves, c'est déjà pas mal d'être arrivés à vivre ensemble, à faire des enfants, à les avoir vus grandir, il ne faut pas trop en demander. C'est un miracle qu'on soit encore là dans le salon à parler, tu ne crois pas ?

— Que veux-tu dire ?

— Je vais partir, Jules.

— Je sais, dit-il après un silence.

Il la regarde de son œil sérieux, d'un air tragique, au bord du gouffre.

— J'ai compris, Alice. Tu as tout préparé, tu as même ouvert un compte personnel, j'ai lu ton courrier l'autre jour.

— Tu m'espionnes ?

— J'ai des soupçons, ça oui.

— T'as pas le droit de faire ça. De m'espionner.

— J'ai le droit. Tu sais qu'il n'y a pas de vol entre époux.

— T'as pas le droit d'ouvrir mon courrier. C'est… c'est une intrusion dans ma vie personnelle. Cela fait partie des choses que personne ne peut supporter, tu m'entends ?

— Tu pars… loin ?

— Tu n'as pas besoin de savoir.

— Tu rentres quand ?

Jules la regarde, ses lèvres tremblent.

— Quand ?

Alice est troublée, elle se demande ce qu'il sait, elle ne sait plus quoi faire, ni quoi dire.

— Dis-moi tout, dit Jules, ce sera plus simple, tu as quelqu'un ? Tu n'es pas heureuse avec moi. Tu es la mère de mes enfants, j'ai de l'estime pour toi et je t'admire, mais je ne te rends pas heureuse, peut-être as-tu trouvé un homme qui va t'aimer et que tu vas aimer ?

Jules regarde Alice, avec tendresse et nostalgie.

— Mais tu me manques, dit-il. *Nous* me manque.

Alice pense à Paul. Sept ans, déjà, qu'ils ne se sont pas parlé. Un soir, elle avait eu besoin de l'appeler, il avait éteint son téléphone. Il lui paraissait normal qu'il ne réponde pas puisqu'il était marié et il n'avait pas à être joignable à toute heure du jour et de la nuit. C'était le contrat entre eux. Mais elle ne supportait plus cette situation. Ainsi donc elle n'était là que pour lui apporter du plaisir, de la respiration, du bonheur afin de lui rendre la vie possible avec sa femme. Elle ne désirait plus partir avec son mari en voyage, mais elle souhaitait avoir des vacances, comme tout le monde. Elle en voulait à Paul de ne pas être là quand elle avait besoin de lui, quand elle avait simplement envie de le voir. Et pire encore, lui reprocher de partir avec son mari, n'était-ce pas un comble ? Lorsqu'elle lui avait dit que Jules avait pris des billets pour Naples, il lui avait fait une telle crise de jalousie qu'elle avait dû annuler leur voyage, en prétextant un impératif de travail.

Et les coups de fil sur le téléphone fixe de la maison, à chuchoter, comment vas-tu ? Que fais-tu ? Veux-tu que l'on se revoie ? Quand ? Ce soir ? Maintenant, au café d'en face ? Non pas en face, juste un peu plus loin, j'arrive. Jules l'avait surprise un soir, alors qu'elle l'attendait au café non loin de chez elle, et il l'avait interrogée, avec qui as-tu rendez-vous ? Et Paul était arrivé, elle n'avait pas su quoi dire, son cœur battait la chamade, il avait remarqué son trouble, alors Paul avait dit qu'ils préparaient un cadeau d'anniversaire pour lui, et Jules l'avait cru ou peut-être avait-il fait semblant.

Les rencontres secrètes, les confidences. Les alibis, les mots rapides, et toutes ces questions étouffées, quand voit-on Paul, ah, il vient dîner, et que fait-il ce soir, demain, la semaine, les mois et les années, et dans une prochaine vie ?

Les dernières fois qu'ils s'étaient vus, elle avait dit à Paul, ne me rappelle pas, cette fois je n'en peux plus, c'est trop dur, et je ne veux pas non plus d'une double vie que je ne supporterai pas. Quittons-nous même si je t'aime. Et c'est ainsi qu'il lui avait répondu : donnons-nous rendez-vous jour pour jour dans sept ans au Flore à 16 heures, et si nous sommes là l'un et l'autre, on saura que l'on doit vivre ensemble.

Le Café de Flore, avec ses chaises en cannage rouge devant les tables vertes, à même le trottoir, sur le boulevard Saint-Germain, lieu de leur première rencontre. Autour d'eux, des étudiants, des intellectuels germanopratins, des tas de touristes. Une voix grave et chaleureuse, une poignée de main. Le moment fondateur de cette histoire. Un sourire, la surprise d'une première connivence, quelque chose d'étrange et de magnétique, une reconnaissance, comme une nécessité de se parler sans avoir rien à dire.

En cet instant, elle est étonnée du discours de son mari. L'a-t-il senti ? Le sait-il ? Elle n'arrive pas à comprendre ce qu'il veut alors qu'il lui parle, les yeux dans les yeux, de tout, de rien, comme pour essayer de meubler le silence.

Elle pense à Paul, à sa vie, à son appartement situé dans un immeuble du VIIe arrondissement, où elle s'était rendue alors que sa femme et ses enfants étaient partis en vacances. Le bureau où il travaille, les chambres bien rangées, celle de son fils aîné et celle de sa fille : elle sentait qu'il ne fallait rien perturber de cet ordre immuable. Son salon avec les photos de lui et son épouse, la tête l'une contre l'autre. Sur la commode, cette image d'eux à leur mariage, ils sont jeunes, elle affiche un sourire resplendissant et lui, un peu contrit. Elle, Marie-Claude, impeccable, bien coiffée, maquillée, avec ses habits alignés dans ses placards, ignorante superbe de sa vie dérangée qui lui dit qu'elle l'aime et lui de répondre : moi aussi, mon amour. Il ne supporte pas que la maison soit en désordre. Tout doit rester bien en place. Ses meubles, ses papiers, ses dossiers, ses livres, sa femme, ses enfants. Comment pourrait-il quitter cette vie parfaite ?

Lorsqu'elle avait rompu, pendant des mois elle avait fait bonne figure pour ne pas pleurer devant Jules, elle l'avait fui, se disait occupée, puis elle s'était mise à boire. Il s'était montré patient : ce n'était pas facile pour lui de le supporter sans rien comprendre. Et plus il était gentil, plus elle se sentait coupable vis-à-vis de lui.

Et maintenant Jules lui dit : je t'aime, je te désire, je suis amoureux de toi.

— J'aime ton âme. Ta vision du monde. J'aime qui tu es. Pas seulement ton corps. Mais aussi ton corps.

Cela fait si longtemps qu'il ne lui a pas parlé ainsi. Elle a souvent l'impression d'être transparente, ou alors qu'il ne voit rien, n'entend rien de ce qu'elle tente de lui faire comprendre. Il est absorbé par son travail. Depuis que son cabinet s'est développé, il enchaîne les projets, mais refuse d'embaucher des collaborateurs car il veut avoir le contrôle sur tout dans son agence où officient un dessinateur et un ingénieur. Dès 8 heures du matin, il est en visite sur ses chantiers. Puis il enchaîne les rendez-vous avec des particuliers pour agrandir, construire, rénover, mais aussi avec les pouvoirs publics pour ses projets de médiathèques, d'auditoriums, et même une école dans le Nord. À 13 heures, il est de retour à son bureau pour tracer ses croquis, élaborer ses plans et obtenir des permis de construire. En fin de journée, il voit ses équipes, électriciens, plaquistes, menuisiers et veille au bon déroulement des chantiers, et aux relations avec les ouvriers et les maîtres d'œuvre. Il n'a plus le temps pour elle, pour eux, les enfants. Parfois il lui dit qu'ils vont se voir, passer un moment ensemble, partir en week-end, mais il la fuit et il la retient quand il sent qu'elle lui échappe. Il ne comprend pas qu'elle est ailleurs, qu'elle ne l'aime plus comme avant, qu'elle ne l'aime plus. Depuis qu'elle a changé, qu'elle a commencé à vivre une double vie, depuis qu'elle s'est trouvée, depuis qu'il l'a perdue.

Elle a envie de lui avouer, de lui dire la vérité. Tous les jours, elle arrive chez elle, chez eux, sans un sourire. Rentrer l'angoisse, lui fait du mal. Elle se noie dans les charges quotidiennes, elle a toutes les raisons du monde pour le fuir. Elle travaille de plus en plus, car elle a la responsabilité des versions papier et web de son quotidien depuis l'apparition d'Internet. Elle a préféré s'investir dans la vie de bureau plutôt que partir pour faire des reportages loin : ainsi elle ne voyage plus, elle traite les sujets de société et la politique, et elle peut s'occuper de ses enfants. Mais elle a peur de l'avenir, d'être renvoyée du journal, elle travaille plus pour gagner moins, elle est tout le temps sur la brèche, à chercher des sujets, des gens à interviewer, des papiers à écrire. Sa rédactrice en chef lui demande de couvrir des « événements », et ceux-ci ressemblent de plus en plus à des faits divers. Sa profession est en train de subir une mutation majeure mais Jules ne s'en rend pas compte. Ils mènent des vies parallèles. Ils pourraient rester vingt ans ainsi, sans se croiser. Ils se font croire qu'ils ont une famille, une histoire, qu'ils forment un couple. Il ne sait rien, n'entend rien, ne veut rien, juste qu'on lui foute la paix le soir quand il rentre à la maison. Souvent, elle se demande comment ils font pour vivre ainsi.

Elle se dit qu'il n'a plus beaucoup d'estime pour elle : il pense qu'elle est déprimée, qu'elle est coincée dans ses imbroglios professionnels, son rapport houleux avec sa *redchef*, et ses histoires d'argent.

— Comment vois-tu l'avenir ? dit Jules.

— J'aime beaucoup Jospin mais je ne suis pas sûre qu'il puisse gagner. Les gens ont changé. Les temps ont changé ; l'extrême droite monte, je ne pense pas que le parti tiendra… Si tu veux mon avis, on est repartis pour des années à droite… et même pire. L'extrême droite est le legs de la gauche… de ta gauche.

— Je ne parle pas de ça. Je parle de nous.

À nouveau, elle regarde sa montre : il est 14 h 20. Elle est stupéfaite de cette question, comme si de rien n'était, comme s'il était naturel de se retrouver, comme si Jules ne lui avait pas fait tout ce mal. Soudain, il pense à l'avenir, et il lui dit tout ce qu'elle aurait voulu entendre depuis des années. Soudain il lui parle d'eux et prononce à nouveau ce mot : nous.

— Et toi, qu'attends-tu de nous ?

Elle pense à ces moments où, au téléphone avec Paul, ils raccrochaient subitement, quand survenaient le mari de l'une ou la femme de l'autre, et inventaient des codes. Ils vivaient cachés dans le secret et le mensonge, comme des espions : il ne fallait jamais montrer leur amour au grand jour. Une situation banale et presque désuète, pathétique.

Nous avons le meilleur, disait Paul. Nous n'avons pas le quotidien, les soucis, l'habitude, les enfants, tout ce qui fossoie l'amour. Nous avons le meilleur.

Les rêves aussi. Qui deviennent souvenirs. Une plage, une chambre d'hôtel sur une île sauvage et venteuse, qu'importe si la mer est sombre. On ne sait pas pourquoi ces choses arrivent.

La célébration de l'instant, dans toute son intensité, sa force, sa fulgurance. Cette exaltation de se retrouver, comme s'il s'agissait d'un miracle. Même lorsqu'on rentre, c'est chacun chez soi, le pas pesant et le cœur qui exulte.

L'espace d'un moment, Jules la regarde : elle sent qu'il a compris. Elle a envie de lui dire, de lui raconter. Elle enchaîne, marmonne quelques mots, se lève et pour se donner un but, s'active à ranger les assiettes. Il s'approche, vient l'aider, se penche vers le lave-vaisselle, lui tend les couverts pour le vider, avant de le remplir à nouveau dans un cycle infini qui se répète à l'identique.

Elle comprend alors qu'il voudrait savoir. Qu'il est prêt. Et voilà qu'il lui dit, comment envisages-tu l'avenir ? Qu'est-ce qu'il lui prend, après deux ans sans avoir eu de geste pour elle, ni une attention, un cadeau, une parole, rien ?

Elle lance la machine sur le programme économique, regarde sa montre à nouveau. Le 11 septembre 2001, 14 h 30. Cela fait sept ans, aujourd'hui. Sept ans qu'elle n'a pas vu Paul. Les enfants ont grandi, elle a vieilli, de nouvelles rides sont apparues sur son visage, des cheveux blancs, les années ont passé. Du temps où ils se fréquentaient, c'était le contraire, tout allait si vite, elle rajeunissait, gaie et volontaire, elle courait d'un endroit à l'autre.

Elle se lève, tremble, bafouille, elle ne sait plus quoi dire, quoi faire, elle hésite, elle hésite toujours, tout le temps, pour tout. Cette fois, elle va partir. Elle l'a décidé, elle le sait, elle va suivre son désir. Mais au moment où elle se dirige vers la porte et qu'elle l'ouvre, elle entend un cri de stupéfaction.

D'horreur plutôt. C'est Jules qui écoute la radio, complètement sidéré. Une voix commente des nouvelles tellement effarantes qu'elles paraissent irréelles. Il les entend sans comprendre, sans réussir à envisager ce qui est en train de se produire : à 14 h 46, ce 11 septembre 2001, deux tours viennent d'être percutées à New York, par deux avions.

Alice revient sur ses pas, se rend dans sa chambre, ouvre son sac, et c'est alors seulement qu'elle aperçoit la lettre, glissée à l'intérieur. Cette lettre que Jules lui avait écrite le lendemain même de leur rencontre, et qu'il a probablement mise là à son insu pour lui dire qu'il a tout compris – et lui adresser un ultime message.

Paris, décembre 1998

Jules sort délicatement la lettre cachée dans le tiroir du bureau. Au moment de leur rencontre, il avait su trouver les mots pour exprimer sa confusion, son extrême confusion de l'avoir croisée à ce moment-là de sa vie.

Et il le lui avait dit. Comment avait-il osé ? Était-ce la folie ? Était-ce l'amour ? L'aurait-il écrite, aujourd'hui, cette lettre, s'il l'avait rencontrée dans les mêmes circonstances ? Et le courage, la volonté, la nécessité absolue de vivre sa vie avec elle auraient-ils été aussi forts ?

Comment savoir, comment comprendre qu'ils en soient arrivés là, quelle force centrifuge les a éloignés l'un de l'autre, après avoir tout fait pour être ensemble, y compris l'impossible – est-ce les enfants ? Est-ce leur métier ? Est-ce juste de vivre sous le même toit et ne plus se supporter ? Il est pris soudain d'une insondable nostalgie en pensant à leur jeunesse, leur joliesse, l'innocence de leur amour lorsqu'ils se sont rencontrés, ce jour-là. Pourquoi fallait-il toujours qu'il en revienne à cet instant où ils se sont reconnus, et tus, car ce n'était ni le lieu ni le moment ? Leur liaison a causé tellement de drames et de remous, ils ont dû repousser tant d'obstacles et traversé bien des épreuves : celle qu'ils abordent est-elle la dernière ?

Il replie la lettre, et la cache tout au fond du bureau. Il ne veut pas qu'Alice la voie et la reprenne. Cette lettre, pense-t-il, c'est une relique, une preuve, un vestige, un monument. Le seul qui reste de leur rencontre. Comme un témoignage qu'ils se sont aimés.

— Tu as réfléchi pour la séparation des biens ? demande Alice en se plantant devant lui, alors qu'il referme vivement le tiroir.

C'est l'hiver déjà, elle a revêtu un jean qu'elle aime bien porter avec un pull en laine et des bottines, ses cheveux sont relevés par un chignon de salle de bains, comme elle l'appelle. Elle paraît fatiguée, ne porte ni rouge à lèvres ni maquillage, son teint est pâle, ses traits tirés, ses yeux aussi, humides et larmoyants.

Dans la pièce double salon-salle à manger, ils ont installé un grand canapé, des fauteuils de part et d'autre ; une table en verre dépoli que Jules a confectionnée lui-même, et toutes sortes d'objets qu'il a choisis un à un, certains qu'ils ont chinés un dimanche aux Puces de Saint-Ouen, des tableaux qui représentent les rues de Paris, celles qu'ils ont si souvent parcourues, main dans la main. Le pont Marie, brumeux par une matinée d'automne, avec ses bâtiments aux fenêtres hautes qui donnent sur la Seine. Le théâtre de l'Odéon où ils ont assisté à des spectacles. La rue de Rivoli où passe en trombe, le vendredi soir, l'équipée sauvage des courses en Roller Blade. Où sont-elles, ces longues marches, ces traversées des ponts parisiens et ces quais où ils aiment se balader et passer d'une rive à l'autre vers la tour Eiffel à travers les jardins urbains ? De droite à gauche de la Seine, les passages secrets de Montmartre, ces rues sombres et étroites, graphiques et majestueuses. Le quai des Célestins sous les arcades du Palais-Royal. Les bouquinistes sur les rives, en avril ou en mai, avec leurs livres et leurs affiches déployées. Ou encore, la piscine Blomet dans le XVe arrondissement, avec sa série de cabines qui donnent sur le bassin, où ils vont nager pendant une heure. Le dimanche, quand il fait beau, ils apportent un pique-nique jusqu'à l'île Saint-Louis, et ils déjeunent au bord de l'eau devant les bateaux-mouches et un Paris de carte postale. Et bien sûr, le jardin du Luxembourg, où ils aiment se promener, par tous les temps, par amour, par légèreté, par nostalgie, pour son ambiance bucolique et ses chaises vertes, les rêves et les discussions, tant de souvenirs.

Dans sa chambre, étalée sur le lit de tout son long, Émilie a son walkman sur les oreilles. Sur le mur elle a affiché les posters de ses stars préférées, Madonna et les Spice Girls. Chez Alexandre, le train électrique a été remplacé par une platine laser offerte pour ses vingt ans sur laquelle il écoute les disques de Michael Jackson et David Bowie. Au bout du couloir se trouve une grande pièce carrée peinte en blanc : la chambre à coucher des parents. Ils y ont disposé un lit recouvert d'un tissu bleu acheté pendant leur voyage à Naples, un bureau en noyer rempli de livres et de bibelots, une pierre du mur de Berlin, deux tables de nuit sur lesquelles sont posés des magazines et des livres.

Depuis combien de temps ne se sont-ils pas enlacés dans ce lit conjugal ? Et quand a-t-il posé ses mains sur elle, et ses yeux sur elle, et ses lèvres sur elle ? Que reste-t-il de leurs étreintes, lorsqu'ils se donnaient l'un à l'autre, de cette relation charnelle qui les aimantait ? Ce sentiment que la vie avait un sens, une essence, une existence. Ils s'enchantaient de leurs noms, sursautaient à chaque appel, se regardaient, les mains entremêlées, se trouvaient, se caressaient, dans un mélange d'intensité et de douceur. Et cette passion qui s'emparait de leurs corps lorsqu'ils s'enlaçaient, assoiffés l'un de l'autre. Le plaisir d'être deux, de se contempler et se dire qu'ils sont une et même chair : d'être voulu, traversé, transpercé comme si c'était la première fois, souffrir de la distance, jouir de la coïncidence. Le désir brûlant, qu'ils ont perdu avec la routine et l'usure du temps, par le fait peut-être de vivre ensemble, a été remplacé par les petites manies de la vie commune qui énervent et qui agacent. Jules se lève tôt le matin et il fait du bruit, ce qui réveille Alice qui a besoin de sommeil : insomniaque, elle erre dans la maison la nuit, mange, lit, fait le ménage. Elle a la tension basse, elle peine à se lever, elle souffre de vertiges. Jules, hyperactif et hypertendu, ne supporte pas de ne rien faire, il n'aime pas les vacances, il ne peut pas rester en place, il lui faut toujours une activité, même pendant l'été. Jules coupe la parole d'Alice en public, et réciproquement. Parfois, ils se reprochent ce manque d'égard devant amis et famille, ce qui embarrasse tout le monde. Jules n'aime pas qu'on le contredise : il se vexe. Souvent il se lance dans des discours fleuves d'un ton sentencieux, devant tous, il s'écoute parler, ce qui gêne Alice. Elle ne mange plus de viande et elle a un rapport bizarre à la nourriture : elle souffre d'une phobie de la déglutition, qui l'empêche d'ingérer des aliments trop petits, des comprimés, ou des mets filandreux. En revanche elle boit du vin tous les jours, elle s'enivre et se met à parler très vite, passe du coq à l'âne, elle en devient parfois agressive et Jules déteste la voir ainsi.

Jules a des sautes d'humeur. Il est capable de passer du rire aux larmes en peu de temps, ce qui est déstabilisant. Avec lui, on ne sait jamais sur quel pied danser. Alice est taciturne. Rêveuse, elle s'évade dans son monde. Jules est tellement exigeant sur la décoration, les luminaires et les tableaux qu'ils finissent par garder les murs blancs et ne rien faire. Jules est très sociable : il se fait sans cesse de nouveaux amis mais a-t-il de vrais amis ? Il est proche de son frère Maurice, et de Paul, bien sûr, mais Alice n'a aucune affinité avec la femme de ce dernier, Marie-Claude. Lorsqu'ils se voient, elle fait semblant de s'intéresser à elle mais au fond elle s'ennuie. Alice n'a ni sœur ni frère, elle est solitaire, presque misanthrope. Jules, très méticuleux, peut mettre une heure à s'habiller, à choisir les bonnes couleurs, les bons tissus. Dans les magasins, il a du mal à se décider. Il porte toujours la même veste en daim qu'Alice trouve ridicule pour son âge, comme certains autres habits dont il n'arrive pas à se débarrasser car il ne veut rien jeter. Jules oublie le jour de l'anniversaire d'Alice, ce qui la vexe, et ne lui offre plus de cadeaux, ce qui l'attriste. En revanche, il lui souhaite la fête des Mères, ce qui l'énerve. Jules n'a pas de bons rapports avec son père, Jo, devenu irascible avec l'âge. Ils se disputent souvent, ce qui angoisse Alice qui n'a plus ses parents.

Lorsqu'il prend sa douche, Jules inonde la salle de bains. Pourtant il est maniaque sur le rangement. Alice laisse traîner ses affaires un peu partout dans l'appartement, elle est maladroite, casse de la vaisselle toutes les semaines. Jules ne fait jamais les courses, et la seule fois où il est allé chercher les enfants, la surveillante de leur école a refusé de les lui confier car elle ne l'avait jamais vu. Jules a changé de voiture, il a acheté celle de ses rêves avec le cachet d'une commande importante : une Jaguar Daimler Double 6, mais il refuse qu'Alice la prenne, il dit qu'elle conduit trop vite ; en réalité il pense qu'elle conduit trop mal, étant donné le nombre de voitures qu'elle a envoyées à la casse. Il faut dire qu'Alice est myope mais par coquetterie elle ne porte pas de lunettes. Elle déteste prévoir les sorties, les vacances, les concerts, les invitations, elle a besoin de sa liberté d'artiste comme elle dit, elle a horreur des contraintes en tous genres ; et ils finissent par ne plus rien faire. Alice n'aime pas la télévision, Jules est hypnotisé par LCI, la chaîne d'information qui tourne en boucle toute la journée, et il regarde assidûment « Questions pour un champion », avec Julien Lepers, sur France 3. Alice a un groupe d'amies du MLF qui se réunissent chaque semaine, et un autre, de militants écologistes. De fait, elle ne supporte plus qu'on laisse la lumière allumée, qu'on ne trie pas les ordures ménagères, que l'on prenne les avions, que les femmes ne dépassent pas le plafond de verre, que leurs salaires soient inférieurs à ceux des hommes, que leurs journées soient surchargées entre le travail, les enfants et le reste. Jules raconte souvent les mêmes anecdotes, en particulier à ses amis, des histoires qu'elle connaît par cœur, des souvenirs de jeunesse et d'ancien combattant. Il fait les mêmes blagues depuis trente ans, mot pour mot. Alice n'aime pas faire la cuisine, mais elle s'intéresse aux expériences culinaires audacieuses et insipides telles que le poulet au chocolat ou la soupe de betteraves. Le matin, Jules lit religieusement le journal. Alice est dépensière et fait des achats compulsifs. Jules tient un budget très précis des dépenses de la maison mais il est collectionneur : il accumule tout, les statuettes, les stylos, les savons, les cartes postales, les timbres-poste. Il s'intéresse à l'archéologie et rapporte des objets improbables de brocantes et de pays dans lesquels il se rend. Il additionne les livres, nouveaux et anciens. Et d'autres choses encore, qu'il enferme à clef dans un placard secret. Nul ne sait ce qu'il contient. Il y place des documents et des dossiers sur lesquels il travaille tard la nuit. Tous les jeudis soir, il joue au bridge avec Paul et certaines de ses nouvelles connaissances, pendant qu'Alice dîne avec Tata Josette qui vit seule. Jules a tendance à se plaindre de tout, comme son père et son frère.

Jules et Alice ne font plus beaucoup l'amour, ou alors, sans érotisme, un geste mécanique et simple. L'acte ne dure pas très longtemps, c'est comme une routine. Ils ne parlent presque plus, ne se regardent plus, ne passent plus de temps ensemble, n'ont pas de conversations à bâtons rompus, excepté sur le sujet qui perdure quand tout est fini, *l'oseille*, comme il dit. Dans ces moments, elle s'étonne d'avoir affaire à un être aussi mesquin, proche de ses sous et avide de la déposséder à défaut de la posséder. Elle a l'impression de le découvrir tel qu'il est, nu et ridicule avec son maigre pécule auquel il s'accroche comme si sa vie entière en dépendait, et en son sein grandit un nouveau sentiment, qu'elle n'avait jamais ressenti auparavant, le plus fatal de tous les tue-l'amour : le mépris. Quant à Jules, il la trouve ridicule de s'émouvoir de tout, y compris du film *Titanic*, pendant lequel elle ne s'arrête pas de pleurer. Elle a peur du lendemain, de la crise qui s'annonce, elle est terrifiée à l'idée d'être licenciée, de ne plus avoir de travail. Depuis qu'elle a été engagée dans un journal économique libéral – ce qui horripile Jules –, elle prend conscience de la crise qui gagne la planète, elle craint la montée du chômage, la maladie de la vache folle, le sida, et Dolly, la première brebis clonée, et tous ces ordinateurs qui ont envahi les maisons et font office de machine à écrire, mais pour combien de temps ? Elle voit bien qu'ils sont à l'aube d'un changement radical, d'un monde qui se transforme vite, et sa vie aussi : tout ce qu'elle a construit pourrait s'effondrer devant ses yeux tel un château de cartes. Elle en devient de plus en plus insomniaque, agressive et dépitée, amère.

Dans une armoire, Alice a rangé la vaisselle offerte par Jo pour leur mariage, les chandeliers, les vases, les statuettes, les souvenirs de vacances, tous les objets qui viennent de leur vie commune, accumulés au fil du temps. Des nappes brodées achetées dans des brocantes, des cafetières, des théières, de vieux appareils photo, des tableaux glanés ici ou là, provenant de différentes époques de leur vie, des disques 33 tours de Joe Dassin, de Nicole Croisille, des Frères Jacques, de Léo Ferré, de Jean Ferrat, des piles de DVD et de VHS de films allant des *Demoiselles de Rochefort* à *Elle et lui*, ainsi que des documentaires sur la Seconde Guerre mondiale qui passionnent Jules.

Elle se demande ce qu'il va advenir de ces « biens communs ». Tout comme le piano en bois laqué sur lequel Alexandre joue à ses heures perdues, alors qu'elle l'écoute, assise sur le canapé du salon. Et leurs souvenirs, peuvent-ils les partager ? Et les enfants, est-il envisageable de les couper en deux ou à défaut, de les séparer, elle prend la fille et Jules le garçon, ou l'inverse ? Lorsqu'elle lui avait annoncé qu'elle était enceinte d'Alexandre, il lui avait dit qu'il était vachement content. Elle avait souri de l'adverbe, elle aussi était vachement contente, et même, elle se sentait soudain beaucoup mieux, importante, enceinte, à travers les enfants, d'un projet. Mais elle lui en voulait de sa réaction lors de l'annonce de la grossesse d'Émilie : surpris, il n'avait pas exprimé le même enthousiasme. Il disait que c'était trop tôt, qu'il n'était pas prêt, qu'il travaillait tout le temps et ne pourrait pas s'occuper d'elle. Émilie et Alexandre ont sept ans d'écart et ce n'est pas trop tôt, avait-elle répondu, c'est trop. C'était une blessure profonde qui resta au fond de son cœur et s'y infecta, tout comme les fausses couches qu'elle avait faites, qui n'avaient pas vraiment affecté Jules. Il ne se rendait pas compte que cet enfant était un miracle, fruit de son désir.

Les lunettes sur le nez, Jules tapote de trois doigts sur une pile de dossiers, l'air concentré. Alice prend place en face de lui.

— Alors, demande-t-elle, qu'as-tu décidé ?

— On fait ce qu'on a dit.

— Il faut qu'on éclaircisse la situation avant d'aller chez l'avocat.

— Il faut être réaliste, je ne vais pas me retrouver sans argent demain parce que tu as décidé de divorcer. Donc pour trouver un terrain d'entente, il faut absolument régler la question de l'appartement.

— Tu veux le garder en indivision ?

— Bien sûr. Mais il faut que tu comprennes que ça revient à rembourser la part de l'appartement dû au prêt de mon père pour conserver ta propriété à moitié.

— Peu importe.

— Arrête les phrases avec peu importe parce qu'on ne peut pas discuter.

— C'est bon, on fait ça alors.

— C'est bon pour toi ?

— On en a déjà parlé, non ?

— On en parlera encore puisque tu n'as pas compris ce qui va se passer. Je t'offre la moitié de cet appartement, mais il faut décider quand et comment tu rembourses Jo pour garder l'indivision.

— On rembourse ton père et voilà, on récupérera un loyer si on continue de le louer.

— Comment mon père va-t-il récupérer son argent ?

— On fait un emprunt.

— Et comment on rembourse l'emprunt ?

— Avec le loyer.

— Et dans trois mois, quand tu en auras marre de vivre seule, tu me diras : quelle souffrance d'avoir un appartement dont on ne peut pas profiter.

— C'est une aberration, en effet.

Alice le considère, les larmes aux yeux.

— Tu viens de gagner un appartement, tu n'es pas heureuse ?

— Oui très heureuse. Et le reste ?

— Le reste, ce sont tes revenus des trois dernières années, ceux que tu n'as pas crédités, et ce qu'il reste en banque. L'argent que tu as touché, on en fait quoi ?

— Je n'ai plus rien, j'ai tout dépensé.

— Mais je ne peux pas me retrouver à faire un emprunt seul pour vivre et pour rembourser mon père pendant que toi tu dépenses tout le fric que tu reçois !

— Ok, mais tu sais bien combien je gagne et ça ne va pas s'améliorer. En revanche, tu me fais froid dans le dos avec tes comptes d'apothicaire.

— Qu'est-ce que tu sous-entends ?

— Combien tu touches au cabinet ? Il paraît que vous avez une caisse noire.

— Je ne répondrai pas à ces basses attaques dignes de l'extrême droite, ce qui ne m'étonne pas vu le canard pour lequel tu piges. Et toi, combien tu dépenses, chaque jour, à la pharmacie, dans les boutiques, pour les billets de train et d'avion que tu achètes deux fois car tu te trompes de date ?

— Si on fait une séparation des biens, ce sera chacun pour soi. Donc chacun fera comme il veut, Jules.

— Alors on fait un emprunt pour rembourser mon père. Mais tu vas commencer à me dire que tu donnes de l'argent à mon père alors que c'est l'inverse. Est-ce que tu as compris ce que je te propose ?

— Bien sûr.

— Alors il faut s'entendre sur la manière dont on partage la communauté parce que je ne peux pas être le seul qui fais des économies alors que tu dépenses tout.

— Tu proposes quoi comme partage ?

— Je ne sais pas encore. Pour l'instant, tu n'as pas l'air prête à laisser ton argent ni ton appartement ni le reste. Quand tu vas comprendre ce qu'il faut rembourser, tu vas me dire c'est hors de question !

— C'est combien ?

— Le tiers de ce que vaut l'appartement aujourd'hui. Donc ça revient à rembourser 150 000 balles tout de suite.

Jules se lève, la regarde froidement, prend une veste et sort de l'appartement en claquant la porte. Alice reste seule devant le bureau, effondrée. Les larmes aux yeux, elle se prend la tête dans les mains, au comble du désespoir. Est-ce qu'il l'empêche de partir par tous les moyens ou est-ce qu'il est absolument, résolument un horrible personnage ? Il lui est devenu tout simplement répugnant, physiquement et moralement. Elle ne veut qu'une chose, s'en aller, mais en a-t-elle réellement les moyens et comment survivre seule ?

Alice est en train de sangloter lorsqu'Émilie sort de sa chambre en claquant la porte telle une furie. Elle n'a pas la force de réagir et préfère se faire oublier, mais la jeune fille débarque dans le salon et regarde sa mère d'un air féroce en fronçant les sourcils.

En cet instant, elle ressemble au poster de Nina Hagen, la chanteuse allemande qui tire la langue comme une furie, qu'elle a punaisé au-dessus de son lit. Elle a développé à l'adolescence une acné si prononcée que ses joues bouffies et gonflées de bonbons, chocolats et gâteaux en ont gardé des stigmates indélébiles. Elle annonce qu'elle a pris la décision de faire une année à l'étranger, elle veut tout arrêter, le violon, le conservatoire, elle a l'intention de partir pour s'échapper, se changer les idées, parce qu'ici elle étouffe. Quoi, vous vous disputez encore ? Mais qu'est-ce que vous faites ensemble ? Ses cheveux teints en blond et rose encadrent son visage aux joues rebondies déformé par la colère. Vêtue de son jean troué qui laisse voir ses cuisses et qui a du mal à contenir son ventre, elle fulmine de rage. Tout ça, c'est ta faute. Tu donnes des ordres à tout le monde. Fringue-toi comme ci et pas comme ça. Fais comme ci et pas comme ça. Je ne suis plus un bébé. Déjà quand j'étais petite, tu me mettais cet horrible bonnet rouge, ces moufles et ces bottes sous prétexte de me protéger contre le froid… mais qu'est-ce qui te passait par la tête, sinon l'idée de me ridiculiser auprès de mes copains ? Tu ne fais que me critiquer et me dire que je mange trop, que je dors trop, que je sors trop, que je ne travaille pas assez. Je crois que tu ne m'aimes pas, en fait, que tu ne m'as jamais aimée, car je ne suis pas assez bien pour toi. Tu me prends pour une bolosse. Pas assez mince, ni assez classe, ni assez classique. Tout ce que tu fais c'est m'engueuler. Et ce que tu obtiens c'est de m'énerver. Tu peux pas un seul instant te dire, on va passer un bon moment ? Faut toujours que tu gâches tout parce que tu sais pas ce que c'est d'être heureuse, d'être bien, d'être sympa. T'es jamais contente parce que t'es pas heureuse. Et Papa n'est pas le seul à en avoir marre de toi.

— Je peux te proposer de résoudre une énigme ? répond Alice. Quelle est la différence entre ta chambre et une poubelle géante ?

Émilie claque la porte du salon, pénètre dans sa poubelle, en extirpe une chaise qu'elle déplace pour en barrer l'entrée. Puis elle prend son violon, le lance de toutes ses forces contre la porte. Il explose. Alice en ressent les vibrations jusqu'au fond de son corps.

Entre-temps, Alexandre est sorti de sa chambre, et il la considère les yeux remplis de peur.

— Qu'est-ce qui se passe ? demande-t-il.

Alice le regarde. À vingt-quatre ans, il est difficile de percevoir son visage dissimulé sous un casque de cheveux bruns bouclés à la Jackson Five qu'il ne veut pas couper, tout comme il semble ne jamais vouloir vraiment travailler, ni poursuivre des études comme ses parents.

— Tu te casses ? Tu nous laisses tomber !

— Qui, vous ?

— Ben ! Papa et nous.

— Je me suis dévouée pour vous, je fais tout pour vous, tout le temps. Tu peux le comprendre ou je dois rester prisonnière à vie de cette maison ? J'ai pas signé pour ça. Pour m'enfermer dans une cage. J'ai besoin de respirer, d'être libre. J'ai tout donné pour vous, Alex. J'ai tout abdiqué. Tous mes idéaux, et même mes idées !

— Quelles idées ?

— Mes idées féministes. Je suis à votre service à tous les trois. Je ne fais rien d'autre que ça. Et ma vie de femme… elle n'existe plus. Je suis à bout.

— Tu veux partir où ?

— Je ne sais pas, dit Alice, mais ce qui est sûr, c'est que je ne peux pas rester. Ton père est horrible.

— C'est pas moi qui vais dire le contraire, il a ses défauts mais…

— Si tu savais ce qu'il me fait endurer. Je te cache tout, je te dis rien pour préserver son image mais…

— Je t'interdis de parler de Papa comme ça, hurle soudain Émilie, qui est revenue à la charge. C'est toi qui es horrible et qui ne penses qu'à toi.

— Non. C'est les deux. On est horribles tous les deux. Votre père et moi, on peut vraiment plus se voir en peinture. On n'a plus rien en commun. Chacun vit sa vie de son côté. C'est clair ? J'en peux plus de cette mascarade. Tu sais ce que c'est, de ne pas supporter le bruit d'un raisin qui craque sous la dent ? On vit comme des bêtes, en horde, parce qu'on a eu des enfants ensemble. Tout est déshumanisé. Sans sentiments, sans rien. C'est fini.

En disant ces mots, Alice ne peut s'empêcher d'éclater en sanglots. Des larmes coulent le long de ses joues, sans s'arrêter. Elle repense aux premiers temps de leur amour. Où sont ces yeux qui brillent et cette insouciance, et les sentiments exprimés dans cette lettre par laquelle il l'avait séduite ? Cette lettre qu'elle a relue tant de fois, elle a maintenant envie de la déchirer, de la brûler. Elle se lève et la cherche dans le tiroir du bureau. Elle est sûre de l'y avoir mise avec d'autres papiers importants, car elle a remarqué que Jules fouille dans ses affaires et lui prend des documents, des photos, et même des bijoux familiaux qu'il lui avait offerts. Mais elle ne la retrouve pas, alors elle saisit son alliance et elle essaye de l'enlever, elle s'accroche et résiste, sa main s'est épaissie, comme elle – elle ne l'avait pas retirée depuis le mariage. Maintenant elle n'y arrive plus, sauf à se couper un doigt.

Le téléphone sonne, Alice bondit pour le prendre, devant les yeux effarés d'Émilie et d'Alexandre.

— Jules, dit-elle en prenant le combiné. Qu'est-ce que tu veux ? Tu es où ?

— En bas, dans la cabine téléphonique. Tu peux me voir, par la fenêtre. Regarde, c'est moi qui agite le bottin !

Elle s'approche et en effet elle l'aperçoit qui lui fait un signe de la main. Elle ne peut s'empêcher de sourire au milieu des larmes, de le voir ainsi en bas dans sa cabine, penaud, qui la regarde, l'air suppliant.

— Je ne sais pas ce que tu fais de ta vie mais je m'en fous, dit Jules au téléphone. Je t'aime. Je veux que tu restes à la maison. Je suis désolé pour ce que je t'ai dit tout à l'heure. Je ne savais plus quoi dire pour te retenir. Je ne veux pas que tu partes, Alice.

— C'est trop tard…

— Quoi ? Rien n'est trop tard.

— Je ne peux pas.

— Qu'est-ce que tu cherches au juste ? Qu'est-ce que tu veux ?

— Pourquoi tu me fais autant de mal ?

— Tu es folle.

— Tu vois tu m'insultes à nouveau. Tu recommences. Tout recommence comme avant.

— Mais tu te rends compte ! Ce n'est que parce que je suis très fort que je tiens le coup. Parce que tu te comportes de façon bizarre. Même pas d'ailleurs… Tu te conduis comme une pauvre malade… Comme Josette !

— Pauvre type, fulmine Alice. Je savais bien que tu étais un salopard. Tu sais quoi ? Va te faire foutre !!! Allez tous vous faire foutre !

— Je suis désolé, dit Jules en pleurant au téléphone. Je dis n'importe quoi. J'ai voulu te blesser, pardon. Reste. Ou pars. Tu peux partir si tu veux, mais dans une autre chambre, un autre appartement si tu préfères ; enfin trouvons un arrangement, je t'en prie. Je ne suis rien sans toi, Alice. Je t'aime de tout mon cœur, de toute mon âme. Sans toi, la vie m'importe peu. Je ferai ce qu'il faut, ce que tu veux. Si tu me demandais de me jeter sous une voiture là tout de suite, je n'hésiterais pas. C'est nul de dire ça, ça ne donne même pas envie de rester. Je ne sais plus quoi te dire. Ce n'est pas trop tard, Alice, je t'en supplie, laisse-moi te le prouver.

Paris, septembre 1994

— Je pense que vous êtes tous les deux travaillés par la culpabilité, c'est la raison pour laquelle votre couple dysfonctionne, dit le docteur Bansard.

Jules réprime un sourire dubitatif, Alice regarde par la fenêtre, le psychiatre enlève ses lunettes et les considère avec une bienveillante neutralité. Cet homme d'une soixantaine d'années aux cheveux longs autour de son visage allongé, serti de lunettes rondes, les examine derrière son bureau en bois de palissandre, sur lequel il a fait le vide – sauf pour un téléphone gris à cadran circulaire et un livre posé bien en évidence, écrit par lui-même : *Que panser de l'amour aujourd'hui ?*

— Tu as quelque chose à me dire ? demande Alice.

Mais Jules ne répond rien. Face à elle, il est en effet pétri de culpabilité. Comme il ne veut pas mentir, il préfère se taire pour éviter un drame.

Il a peur d'elle : de la contrarier, de déclencher sa colère, d'entamer une polémique qui se termine en cris et en claquements de portes. De plus en plus nerveuse et susceptible, elle est sur la défensive et il ne parvient plus à lui parler dans le calme et la sérénité, c'est la raison pour laquelle il l'a convaincue de faire une thérapie de couple.

— Mais dis-le, si tu as quelque chose à me dire, insiste Alice. C'est pas si compliqué.

Jules hésite, regarde le docteur Bansard qui lui sourit pour l'encourager, lui dire que ce n'est pas si grave en effet, il se trouve dans un lieu où il peut s'exprimer en toute liberté. Alors Jules avoue qu'il se sent coupable : de tout, de rien. D'avoir trahi : il a peur d'être puni, d'être honni et de pourrir en enfer, il a mal au cœur, à elle, sa femme et mère de ses enfants, elle qu'il aime plus que tout. Il a l'air désolé et Alice commence à être sérieusement inquiète.

— Depuis la cohabitation, explique-t-elle, il n'est pas bien.

— Quelle cohabitation ? Vous ne vivez plus ensemble ?

— La cohabitation gouvernementale. Il rêve depuis longtemps de faire de la politique, mais il ne trouve pas sa place.

— C'est pas ça, Alice, dit Jules, agacé.

— Qu'est-ce qu'il y a ? Je suis prête à tout entendre. Vide ton sac.

— C'est en effet utile de dire les choses, dit le docteur Bansard. De vider son sac, comme le dit justement Alice. De vous autoriser à dire ce que vous ressentez, au plus profond de vous. Je pense qu'Alice est capable de l'entendre.

— D'entendre quoi ? s'écrie Alice. De quoi on parle, là ? Je suis capable d'entendre quoi ?

Jules ne répond pas. Il la regarde, presque en tremblant. Son œil gauche frissonne, secoué par un spasme nerveux, son œil droit tente de l'amadouer.

— Voyons, écoutons ce que Jules a à dire.

Alice se lève, se dirige vers la fenêtre, puis revient.

— Quoi… Tu as une maîtresse ?

Jules baisse la tête.

— Tu as une maîtresse et tu attends quoi ? Que je te donne ma bénédiction ? Que tu puisses poursuivre ton chemin la tête haute, être fier de toi. Bravo ! C'est ça que tu veux ou quoi ?

— Non. Je voudrais parler avec toi. Parler comme on ne s'est jamais parlé toi et moi.

— Je ne sais pas pourquoi mais je ne la sens pas bien, cette entrée en matière.

Il y a un silence. Le docteur Bansard ajuste ses lunettes, les observe tour à tour, l'un puis l'autre. Mais ils se taisent. Jules prend sa tête dans ses mains, Alice le regarde.

— Il a dit quelque chose d'important, souligne le psychiatre. Est-ce que vous l'entendez ? Il voudrait vous parler.

Elle se tourne vers Jules.

— Tu veux me raconter ? Faire des confessions ? Alors vas-y. Ça dure depuis combien de temps ? Tu l'as rencontrée où ? Vous vous voyez où ? Vous faites quoi ?

Assis sur ces sièges, dans cette pièce chaleureuse aux tentures rouges et aux tapis colorés, pièce fantasmatique de tous les aveux et toutes les confessions, dans l'écoute pressante du psychanalyste, sous l'œil noir de sa femme, le regard de tous ceux qui peuplent son inconscient, grands-parents, parents, amis et enfants, devant l'Histoire, la terre entière qui l'écoute à cette heure, Jules se confesse. À force d'être ensemble, ils sont devenus l'ombre l'un de l'autre. Ils se parlent dans un murmure, se comprennent à demi-mot, se consolent et s'excusent, ils n'ont plus la force d'argumenter, ni de se disputer. Ils ne ressentent plus de colère. Ils passent tout leur temps ensemble. Leur espace s'est restreint autour de leur maison, de leur chambre, leur lit.

Ses yeux s'embuent, ses mains tremblent, il frappe nerveusement des pieds contre le sol et enfin il parle. Il dit tout. Les maîtresses. Les mensonges.

Les soirées alcooliques, psychédéliques, érotiques. Ils se voient à l'hôtel, prennent une chambre pour la nuit, partent au petit matin. À chaque fois, c'est étrange de se retrouver face à un corps qui n'est pas celui de sa femme. De vivre ce moment excitant, devenu une drogue, comme lorsque l'on joue au casino pour faire monter l'adrénaline, une façon d'exister intensément, sur la corde raide, remettre tout en question, faire tapis comme aux cartes. Il a l'impression d'être en vie lorsque son cœur palpite et qu'il doit rejoindre une amante en cachette. L'interdit décuple le désir, le plaisir est intense lorsqu'il est illicite. Il a ses endroits, ceux où il se sent bien dans son intranquillité. Dormir ensemble est un luxe, pas un devoir. Rien n'est jamais prévu. Tout est absolument libre. Parfois il se rend chez elles. Les enfants sont là : il ne faut pas faire de bruit. Un soir, un bébé s'est réveillé. Un autre, un mari aurait pu rentrer. C'est ce qu'on appelle vivre dangereusement. Et pourtant ce sont ces instants qui le rendent joyeux à nouveau, comme s'il trouvait enfin sa place, comme s'il renaissait.

Où ? Lors de ses déplacements en province, lorsqu'il se rend sur des chantiers, au bureau, n'importe où. Quand ? En journée, entre deux rendez-vous, le soir, parfois. Pourquoi ? C'est comme un trou dans le temps, un autre espace, hors de tout. Dans le risque d'être découvert, il trouve une étrange volupté. Comment ? Par l'intensité d'une heure ou deux, il parvient à l'abandon de soi ; il n'a pas le temps alors il va à l'essentiel. Dans quel but ? Être un – l'espace d'un instant. Le plaisir, après le manque, après l'absence ; le désir, des retrouvailles incertaines. C'est être là, tout à fait, pas complètement. Dans l'attente de ces rendez-vous, il se sent important, et entre deux, il patiente ou fait semblant de vivre, en apnée. Ces rencontres furtives sont devenues nécessaires, cette fureur, un besoin. Il pense que grâce à sa façon de vivre, il a échappé à la dépression.

Il y a un silence, puis :

— Qui ?

Alice le regarde. Son cœur bat la chamade, ses jambes lui font défaut et elle a l'impression qu'elle va tout simplement s'évanouir.

— Qui ? s'écrie Alice. Donne-moi des noms ! J'ai besoin de noms ! De visages !

— À quoi ça sert d'avoir des noms ? Je ne les ai pas moi-même. J'ai tout oublié.

Mais Alice a un indice. En fouillant dans sa mémoire et dans les affaires de Jules, elle a retrouvé la dédicace écrite sur le livre qu'il avait posé sur sa table de nuit, *La Plaisanterie*, de Milan Kundera : *En souvenir d'une nuit folle, S.*

Est-ce Sandrine, son esthéticienne qui vient une fois par mois pour s'occuper d'elle et que Jules salue toujours aimablement ? Est-ce Stéphanie, la secrétaire de son cabinet d'architecture, dont il parodie l'accent du Sud ? Sabrina, la libraire qu'il adore et qui lui conseille toujours des livres avec lesquels il revient, les bras chargés, pour remplir ses bibliothèques ? Sonja, sa cliente qui vient de l'Est ? Sabrina, l'épouse de son cousin germain qu'ils voient une fois par an à Noël chez son père et avec laquelle il aime discuter de politique parce qu'elle n'est pas du même bord ? Sofia, son ex-associée qui est repartie vivre en Espagne et qui revient régulièrement à Paris sans jamais oublier de passer lui dire bonjour ? Sylvie, l'agent immobilière qui leur a fait visiter leur appartement et qui a pris le numéro de Jules mais pas le sien ? Soudain, la terre est peuplée de S.

— D'où vient *La Plaisanterie* ? lui demande-t-elle.

— Ce n'est pas une plaisanterie, dit sombrement Jules.

— Le livre de Kundera que tu lisais l'autre jour.

— Je ne sais pas, je l'ai retrouvé dans la bibliothèque lors du déménagement.

— On te l'a offert ?

— Peut-être…

— Jules ? Réponds sinon je te quitte immédiatement.

— Je ne sais pas, je te dis.

— Il y a une dédicace dessus, Jules. *En souvenir d'une nuit folle, S.* Qui est S. ? Et c'est quoi, cette nuit *folle* ?

Jules la regarde, interdit.

— Tu me dis ou je casse tout dans le bureau ! s'écrie soudain Alice, sous le regard inquiet du psychiatre. Qui c'est S. ? C'est ta maîtresse ? C'est qui, Jules ?

— Calmez-vous, intervient le docteur Bansard. Jules est simplement en train de vous expliquer qu'il n'a pas renoncé à son désir. Et c'est bien ce qu'il y a de plus important, être fidèle à son désir. Car c'est ce qui nous maintient vivants.

— Vous voulez que je le félicite, docteur Bansard ? dit Alice. Que j'applaudisse ?

— Non, dit Jules. Je ne mérite pas d'être félicité. Je mérite d'être quitté.

— Tu veux que je te quitte car tu n'arrives pas à partir ?

— Non, c'est pas ça.

— C'était quand la dernière fois ?

— Vous croyez que je dois tout lui dire ? demande-t-il au docteur Bansard.

— Au point où vous en êtes.

— Cette conversation est bizarre.

— Alors ?
— L'an dernier.
— C'était qui ?
— Peu importe.
— Pourquoi tu me le dis maintenant ?
— Je n'arrive pas à le garder sur le cœur. Ça m'étouffe, ça m'empêche de vivre, ça me mine, ça me bouffe la vie. Je ne peux plus te regarder en face ni voir mon image dans le miroir. Tu comprends ?
— Tu n'as revu personne, depuis ?
— Non.
Alice accuse le coup.
— Alors… pourquoi tu l'as fait ? Pourquoi tu as fait ça ?
— Pour ne pas crever. J'avais besoin de liberté. Je n'aurais pas dû avoir cette vie rangée, cadrée, bien réglée. J'ai construit ma vie autour de la famille. Et je suis passé à côté de toutes mes valeurs et de ce qui me faisait exister, Alice. Tu te souviens, quand tu m'as annoncé que tu étais enceinte d'Émilie ?
— Oui.
— C'est là où j'ai dévissé. Un enfant… c'est un couple avec un enfant. Deux enfants, c'est une famille. J'étais pas parti pour ça. J'étais rebelle. J'étais trotskiste et libertaire. Je crois que j'étais fait pour autre chose.

— Mais pour quoi Jules ? Pour vivre en communauté, en Ardèche ? Seul comme un clochard ? Aller chez Castel tous les soirs ? Pour faire quoi de ta vie ? T'avais pas assez de satisfaction avec tes maisons, tes hôtels, et tous ceux qui se prosternent devant toi parce que tu es un si bon architecte ? Un si bon architecte qui ne réussit pas à se faire un nom. Que personne ne cite, ni ne prend en exemple. Un architecte médiocre, en fait. Fallait plus, pour te rassurer, n'est-ce pas ? Sinon pourquoi ?

— Peut-être pour que je sache que j'ai une femme exceptionnelle, même si moi je ne le suis pas.

— Vous entendez ce qu'il dit ? demande le docteur Bansard.

— Qu'est-ce qu'il dit ?

— Est-ce que tu m'aimes, Alice ? Peut-être tu ne m'aimes plus. N'est-ce pas ? Cet été, on envoie Émilie chez les scouts et on passe un mois ensemble. On va à Naples. Qu'en dis-tu ?

— Mais t'es malade, Jules, rugit Alice, hors d'elle. Il faut que tu te soignes. Tu m'annonces que tu me trompes, je ne sais pas avec qui, je ne sais même pas pourquoi. Et tu veux qu'on parte ensemble. Mais je ne veux plus jamais te voir, Jules. Moi aussi j'ai envie de me sentir vivante. Moi aussi j'en ai marre de toi, de tout. De nous.

Peut-être que je veux divorcer. Et peut-être que je vais avoir la force de le faire, cette fois. Ou plutôt, de me venger. Mais alors, tu vois, une vraie vengeance. Une vengeance qui va te faire du mal. Et le pire, c'est que tu ne sauras jamais laquelle.

— À ta place, je divorcerais plutôt.

— Non, ce serait trop doux.

— Ce que tu veux, c'est la guerre ?

— Et toi, tu cherches quoi au juste ? Tu ne veux pas divorcer parce que la situation t'arrange. Tu as une femme, une famille et des maîtresses. C'est parfait pour toi !

— Eh bien quoi, divorce ! Et je serai le premier à t'accompagner.

— Je pense que tu te trompes.

— Quoi ?

— Que tu te trompes, en me trompant.

— Qu'est-ce que tu racontes ?

— Tu crois que tu me trompes mais tu te trompes en pensant que c'est moi que tu trompes. C'est en fait toi que tu trompes.

— Je ne te suis pas, Alice…

— Moi non plus, admet Bansard, d'un air perplexe.

Jules baisse le regard, l'air gêné. Alice se lève.

— En clair, tu es une pourriture, Jules, crie-t-elle. Tu es une sale pourriture. Je te déteste. Je te hais. Je maudis ta vie misérable. Je méprise tout ce que tu es. Je ne veux plus jamais te voir. Plus jamais tu m'entends ?

— Ne me juge pas, s'il te plaît.

— Ne me juge pas. C'est la meilleure celle-là.

— Arrête d'ironiser. Autour de moi, dit-il, regarde bien, tout le monde quitte sa femme et ses enfants, divorce pour bien moins que ça. C'est comme une épidémie, depuis que les femmes gagnent leur vie.

— Espèce de sale machiste. Pars, ça vaut mieux.

— Non je reste. Par responsabilité, par devoir, par amour, aussi. J'ai préféré me taire pour toi, pour les enfants. Et l'air que je respire ailleurs me permettait de rester libre, sinon j'étouffais…

— Vous entendez ce qu'il veut vous dire ? demande le docteur Bansard.

— Attendez, docteur Bansard, je suis chez l'ORL ou chez le psy ?

Alice se lève, Jules la suit, d'un pas pesant. Ils sortent ensemble de l'immeuble du psychiatre, s'engouffrent dans la Smart d'Alice qui démarre en trombe et fonce sur la route, les sourcils froncés, sans un mot, au risque de causer un accident. Jules, à côté, s'accroche à sa ceinture. En arrivant, Alice pile et se gare entre deux voitures, elle enlève la clef et claque la porte de rage et de désespoir. Ils rentrent chez eux, sans un mot. Émilie est là, elle a besoin d'aide pour ses devoirs, mais personne ne peut s'occuper d'elle, quoi, vous vous êtes encore disputés ? C'est pas possible ces hurlements, faut vous séparer, à la fin ! J'en peux plus de vous... En pleurant, elle se précipite dans sa chambre, et l'on entend retentir le son du violon, c'est la musique de *La Liste de Schindler*, belle et forte, déchirante.

Alice, saisie, ouvre une bouteille de vin, se verse un verre, puis un deuxième, prend une cigarette, puis une autre. Jules s'assied à côté d'elle, il tente de saisir ses mains, elle se dérobe.

— Arrête, murmure Alice. Ne me touche pas.

— Tu es dure, dit Jules en la considérant soudain avec effroi. En fait, c'est toi qui ne m'aimes plus. N'est-ce pas ?

— Et toi, tu m'aimes ?

— Je t'aime plus que tout. Je n'ai que toi et les enfants.

— Comment tu peux dire ça ? s'écrie-t-elle. Comment tu peux dire ça et faire ce que tu fais ?

— J'ai voulu tout foutre en l'air, dit-il. J'ai eu besoin de ça pour rester. Je suis tellement con. Tellement nul. Je t'en prie, pardonne-moi. Je t'en supplie... Tu es ma vie. Je donnerais tout pour toi. Reprends-moi, Alice.

Il se met à ses genoux, il est sérieux, il est grave, il est à ses pieds, elle le repousse pour s'extirper de son étreinte, il en pleure, elle en tremble, elle est bouleversée, ils se détestent, ils ne savent plus qui ils sont ni ce qu'ils vont devenir, malades de douleur, de doute, de rancune et de colère.

Alice cherche un livre dans la bibliothèque, elle trouve ceux du docteur Bansard et les jette par terre, puis elle aperçoit celui qu'elle voulait, *La Plaisanterie*, elle exhibe la dédicace écrite sur la première page du livre. Jules ne réagit pas. L'ouvrage en main, elle le pose devant lui, il le saisit, étonné, elle le reprend vivement, sent son pouls s'accélérer et son cœur battre à tout rompre en même temps que le sang cogne dans ses tempes, elle pâlit à nouveau quand elle relit les mots qu'elle connaît par cœur : *En souvenir d'une nuit folle, S.*

Elle se lève, fulmine, lance soudain le livre contre la porte. Elle attrape un vase, qu'elle brise, et continue son travail de destruction à travers la pièce. Elle est en sueur, elle pourrait le frapper, le tabasser tellement elle est offusquée, qu'il ose la prendre pour une idiote, qu'il l'ait trahie, elle, sa femme, elle, la mère de ses enfants.

Que penser… Son amie Sophie lui dit toujours que quand un homme trompe une femme, c'est parce que c'est déjà fini entre eux, mais elle n'a pas l'impression que ce soit terminé, qu'ils ne s'aiment plus. Alors pourquoi ? Soudain, elle sursaute. Sophie… encore un S…

— Sophie ?

— Quoi ? s'écrie-t-il. Tu as perdu la tête !

— Alors dis-moi tout.

— Il n'y a rien à dire, dit Jules.

Alice se lève, sort la vodka, prend un verre, puis un autre, cul sec.

Toute la nuit, elle tente de lui soutirer des aveux, il ne dit rien, rien de plus, rien de mieux, rien sinon qu'il l'aime, qu'il est désolé, qu'il est dévasté ; alors elle s'enivre encore, puis l'alcool monte d'un coup, elle se sent mal, elle court aux toilettes, Jules aussi, qui la tient pendant qu'elle vomit, misérable. De désespoir, de peur, de dégoût, d'avoir trop bu. Ils sont assis maintenant devant la cuvette et ils se regardent. Il caresse ses cheveux, doucement, lui dit qu'il l'aime, simplement, les larmes coulent mais ce n'est pas grave puisqu'il l'adore, elle est sa vie, son âme sœur, sa sœur. Il n'arrive pas à respirer sans elle. Il la regarde comme son bonheur, un bonheur auquel il a droit. Alors pourquoi ? Il s'est senti rejeté, depuis quelques années leurs corps ne se cherchent plus. Elle ne le touche plus, ne le regarde plus. Elle n'est pas attirée par lui. C'est elle qui s'éloigne de lui en fait, et lui pour survivre a eu besoin de chercher ce désir chez d'autres. Et cela ne justifie rien, n'explique rien, n'excuse rien.

— C'est vrai, dit-elle.

— Quoi ?

— Je me suis éloignée de toi.

Alice le regarde et soudain, avec l'alcool, la nuit, la fatigue, il lui prend l'envie de lui parler, de tout lui dire aussi – ou presque tout.

— Tu te souviens, le reportage sur la chute du mur à Berlin ? dit-elle.

— Oui. Je suis resté avec les enfants. C'était la première fois que j'étais seul avec eux. Quand tu es partie, on s'est regardés tous les trois, Émilie s'est mise à pleurer… Je ne suis pas arrivé à la calmer pendant trois jours. Pourquoi ?

Paris, novembre 1989

— Bonjour petite fille, je suis la fée. La fée bleue. Tu me reconnais ?

Émilie est assise sur son lit, en robe de Belle. Pas la parure de *La Belle au bois dormant* qui est rose, pas non plus celle de *La Belle et le Clochard* qui est une chienne tout comme celle de *Belle et Sébastien*, mais la robe violette de Belle, de *La Belle et la Bête*. La petite regarde attentivement le personnage qui vient d'apparaître comme par magie dans sa chambre, qui porte une grande cape soyeuse d'un bleu étincelant, un masque de la même couleur sur le visage, et un costume de princesse. Elle est si belle aussi, et si mystérieuse !

Impressionnée, Émilie fait oui de la tête.

— Tu es la fée bleue.

— Et toi tu es Émilie jolie. Je suis venue pour exaucer tes vœux. Quel est ton désir le plus cher ?

L'enfant clignote des yeux, beaucoup trop émue pour répondre.

— Dis-moi, charmante princesse, quel est ton souhait ? Dis-le et tu seras exaucée !

— Je ne sais pas…

— Tu veux un violon ?

— Non, dit-elle avec un signe énergique de la tête.

— Tu veux aller au Parc Astérix ?

La petite fait oui de la tête.

— Tu veux une poupée Barbie ?

— J'en ai déjà une ! Elle s'appelle Clara.

— Clara ! Quel joli nom ! Tu voudrais sans doute avoir une petite sœur ?

Sans hésiter cette fois, elle répond :

— Non !

— Tu veux quoi ?

— Je veux des bonbons !

— Des bonbons !

— Et un avion !

— Très bien, princesse Émilie, comme tu as été très gentille, tu auras ce que tu désires. Maintenant, je vais te dire au revoir, car je dois aller voir d'autres petites filles ! Tu sais, je vais de maison en maison, afin d'exaucer les vœux des enfants merveilleux !

La fée bleue fait un signe de la tête, esquisse une révérence, puis se retire à pas de velours, devant les yeux d'Émilie. Puis une fois dans sa chambre, elle se déshabille, plie soigneusement sa panoplie qu'elle prend le soin de cacher dans un carton tout en haut de son armoire, revêt un pyjama-jogging, sort un petit avion emballé dans un papier cadeau, des bonbons et des chocolats, et revient dans la chambre de sa fille.

— Bonsoir Émilie, dit Alice, j'ai trouvé ça en rentrant devant la porte, est-ce que c'est pour toi ?

Émilie ébahie se précipite sur les cadeaux.

— C'est la fée bleue ! dit-elle, au comble de l'excitation. C'est la fée bleue !

— De quoi tu parles ? Tu as fait un rêve ?

— Non, non c'est pas un rêve, dit la petite fille. C'est une fée !

— Mais tu dis n'importe quoi, les fées ça n'existe pas ! Faut que tu arrêtes de regarder des dessins animés. Ça finit par te donner des fausses idées.

— Mais si, ça existe !

— Tu as sans doute rêvé !

— Mais tu peux pas comprendre. Parce que tu l'as pas vue, toi, la fée bleue.

La fée bleue rejoint Jules dans leur lit, qui a revêtu un pyjama bleu en parfait accord avec elle et le papier peint, tout le monde est bleu comme les Schtroumpfs. Il est temps de se mettre au lit car le marchand de sable va bientôt passer et Nicolas et Pimprenelle vont pouvoir fermer les yeux et dire bonne nuit à Casimir, François, Julie, Dorothée, Jacky, Peggy la cochonne, Kermit la grenouille et toute la clique de Sesame Street.

Leur appartement donne sur la rue Mouffetard dans le Ve arrondissement, non loin du jardin du Luxembourg. Jules l'a entièrement rénové, avec trois chambres à coucher et un salon où trône un canapé-lit, devant une kitchenette ultra-moderne sous des poutres apparentes qui le ravissent et assomment régulièrement Alice lorsqu'elle se lève la nuit pour s'occuper de ses enfants qui pleurent, qui ont peur, qui sont malades, qui n'arrivent pas à s'endormir, qui n'ont pas sommeil, qui ont faim, qui ont soif, qui ont besoin d'un câlin, qui souhaitent qu'on leur raconte une histoire, qui se disputent, qui veulent jouer aux Playmobil en plein milieu de la nuit.

Jules a ouvert son cabinet d'architecture et ils ont enfin les moyens d'acquérir du mobilier, d'acheter une Renault break et de s'offrir des nouveaux vêtements : Alice a découvert la douceur des chemisiers de soie, Jules les pulls en cachemire et en lambswool ainsi que les chaussures italiennes. Parfois ils se rendent dans les petits restaurants du quartier où ils ont leurs menus préférés et leurs habitudes, des soles et des haricots verts pour Alice, des soupes et des gratins de pommes de terre pour Jules, des poissons panés et des frites pour les enfants. Pour les vacances, ils chargent la voiture de valises, d'habits, de jouets, bouées, petits bateaux, canards et piscines gonflables, consultent Bison Futé pour éviter les embouteillages, s'égarent en pleine campagne sur la route et finissent par atterrir dans des hôtels ou des appartements loués au bord de la mer, en France, en Espagne ou en Italie, où ils construisent des châteaux de sable avec les enfants et mangent des glaces le soir sur la place du village. Le ciel, les oiseaux et la mer les reposent du travail de l'année. Les enfants sourient, les cheveux mouillés, les joues salées par les embruns, la peau hâlée par le soleil. Alice passe ses journées à s'occuper d'Émilie, à jouer avec Alexandre, somnole sous un parasol, et profite de la présence de son mari, souvent absent pendant l'année : il rentre de plus en plus tard du bureau, voyage pour ses chantiers, et c'est elle qui prend soin de la maison et des enfants seule.

Alice se glisse près de Jules, elle est heureuse ce soir, elle exulte d'un bonheur qu'elle aimerait partager, paradoxalement, comme s'il était son copain, son meilleur ami, son frère. De fait, elle ne porte plus le même regard sur son mari. Les relations physiques sont interrompues ou trop rapides pour être satisfaisantes et depuis qu'ils ont des enfants, elles sont devenues presque incongrues. Tout, absolument tout, s'est désexualisé dans leur univers rempli de poupées, de voitures, de nounours, de livres de Babar, de Dumbo, de contes de fées et de cassettes VHS de Walt Disney qui ont remplacé les comédies romantiques hollywoodiennes qu'Alice affectionne. Tels la Belle et le Clochard, ils mangent des spaghettis à la tomate et se regardent avec affection mais il n'y a guère de place pour les allusions, les baisers, les étreintes, les propositions déplacées dans cet univers empreint de réalisme magique habité par les personnages des contes de fées. Ils se traitent avec respect, avec humour, avec bienveillance, patience, joie et amitié en espérant qu'un jour… Mais ce jour ne vient pas, Alice se détourne de Jules qui ne s'intéresse plus à son corps mais à mille autres choses telles que le travail, les plans, les chantiers, la lecture ou le bridge, *L'Express*, *Le Monde* et *Paris Match*. À force de vivre avec les enfants, ils sont devenus de grands enfants. Ils s'appellent réciproquement Papa et Maman. Ils se couchent épuisés en se faisant un bisou sur la joue. Et Alice se transforme régulièrement en fée bleue, en docteur, en Belle au bois dormant et le plus souvent en Cendrillon, dans la version souillon après le bal. Les enfants jubilent de la voir, sourient en tendant les bras vers elle à toute heure du jour ou de la nuit, ils ne dorment pas, se plaignent, se roulent par terre de colère, pleurent puis rient, puis pleurent, n'arrêtent jamais de jouer et sont obsédés par l'idée de manger. Elle les emmène chez le pédiatre, le dentiste, l'ophtalmologue, l'orthodontiste, la psychologue, la kinésithérapeute, aux urgences lorsqu'Alexandre s'ouvre l'arcade sourcilière et Émilie se casse le bras, ainsi qu'à leurs cours de natation, de violon et de piano, de judo et de théâtre, aux anniversaires des amis, de la famille, et aux fêtes. Elle se rend aux réunions parents-professeurs, aux cafés des mamans à l'heure des mamans, c'est elle qui emmène et va chercher les enfants à la crèche, à la maternelle, à l'école primaire, au collège, au conservatoire. Le dimanche lorsqu'il fait beau, la famille se rend au jardin du Luxembourg, avec poussette, vélo, trottinette et bateaux. Jules s'est mis à courir, Alice s'assied seule sur un banc et regarde les enfants, fascinée. Quand il était petit, Alexandre aimait jouer avec les cailloux. Avec quelques pierres, du bois et des bouts de ficelle, il pouvait échafauder des maisons, des tours, parfois des villages entiers : il passait des heures avec ses Kapla, son jeu préféré. Émilie préférait les balançoires, les manèges et les spectacles de Guignol.

Le samedi, ils reçoivent Tata Josette, Maurice, sa femme Sandra et leurs enfants, ainsi que Paul, sa femme, et Jo, qui est seul et souvent déprimé. Le jeudi soir, Jules fait une partie de bridge avec ses amis, pendant qu'Alice s'occupe des enfants, leur raconte des histoires, leur fait faire les devoirs. Elle ne croyait pas s'épanouir autant dans la maternité, au point d'en oublier d'être femme et se désintéresser de tout. Elle écrit ses articles la nuit, les rend au petit matin, juste avant le bouclage, et arrive de plus en plus tard au bureau. Et Jules ne pensait pas se trouver aussi heureux d'être père et aussi heureux de ne pas l'être lorsqu'il part de chez lui et retrouve un peu la paix, loin des colères, des cris, des rires et des pleurs. Il délègue à son épouse l'éducation, les devoirs, l'école, les jeux et même les punitions car il n'a, par principe et par caractère, aucune autorité sur eux.

— On devrait songer à acquérir une maison de campagne, dit Jules.

— Pour quoi faire ?

— Pour les week-ends, pour les vacances… J'en peux plus de Paris. C'est devenu trop sombre, trop gris, trop stressant. J'ai l'impression de passer ma vie dans le métro. Regarde… Une maison sur l'océan sauvage, qui s'intègre au paysage marin.

— Pourquoi pas…

— J'ai visité un coin près de La Rochelle. Il n'y a pas beaucoup de monde là-bas, c'est pas cher. On peut essayer de visiter un terrain, qu'en penses-tu ? C'est un endroit très lumineux. Je verrais bien des lignes simples, très pures, une grande baie vitrée sur l'océan…

— Jules… tu ne me demandes même pas où je veux aller. Et tu me proposes un endroit où personne ne met jamais les pieds.

— Mais… c'est sur le littoral, une petite ville ou plutôt un village qui s'appelle Port-des-Barques. J'y étais pour ma médiathèque, tu sais ?

— Ah oui !

— Il y a une petite place, une boulangerie, une église, des cabanes de pêcheurs, quelques pins. J'aimerais beaucoup y prendre ma retraite.

— Tu as perdu la tête ? Jamais de la vie ! Au fin fond de la Charente… Il n'en est pas question.

— Maritime.

— Quoi ?

— La Charente-Maritime.

— Peu importe, maritime ou pas. On va mourir d'ennui là-bas. C'est le genre d'endroit où il n'y a personne.

— Moi j'aimerais bien poser la maison de mes rêves sur l'océan. Ce serait comme une cabane. Quelque chose de simple et de clair. On irait faire des longues promenades au bord de la mer, sur l'île

Madame. On y recevrait nos enfants, nos petits-enfants. En été on nagerait, en hiver on se pelotonnerait au coin du feu.

— Quelle horreur. Je n'irai jamais là-bas, tu m'entends ?

— Tu te vois où, toi, quand on sera vieux ?

— J'aime Paris. J'irai me promener tous les jours au Luxembourg. Je regarderai les arbres, les statues et les enfants avec leurs petits voiliers sur le bassin. Je regarderai les arbres, ça me rappellera ma jeunesse.

— Je viendrai aussi, si j'arrive à te reconnaître dans ton nuage de pollution.

— Crois-tu qu'on s'aimera toujours ?

— Oui.

— Qu'est-ce qui te fait dire ça ?

— Je te propose un jeu.

— Le jeu des sept familles ? Le Cluedo ? Un Scrabble ? Docteur Maboul ? Puissance 4 ? Monsieur Patate ? Attends, je vais les chercher.

— Mais non, tu es bête. Tu te souviens… la lettre ?

— La lettre que tu m'as envoyée, lorsqu'on s'est rencontrés ?

— Oui.

Alice le regarde, interloquée.

— Je la connais par cœur. Tu veux que je la récite ?

— Oui.

— Qu'est-ce qui te prend ?

Elle le regarde, soudain saisie. Il la considère de ses yeux bleus, ancrés dans les siens, soudain sérieux et tristes.

Cela dure plusieurs minutes. Il observe attentivement ses cheveux longs qui encadrent son visage, et laissent apparaître quelques mèches grises, son front où se dessinent des rides horizontales, ses cernes noirs sous ses yeux sombres. Son regard s'embrume.

— Tu pleures ? dit-elle.

— Non, non, ça va…

— Dis-moi pourquoi tu pleures…

— J'ai l'impression qu'on s'éloigne, toi et moi. Tu sais, Alice ? Tu es tout pour moi. Je ne sais pas ce que je serais sans toi. Et tu sais… si tu me demandais, là, de me jeter par la fenêtre, je le ferais.

— On habite au rez-de-chaussée, idiot.

Il s'approche d'elle et l'embrasse. Elle le regarde sans réagir, comme s'il faisait quelque chose d'inconvenant, comme si elle ne comprenait pas, alors qu'ils sont couchés dans leur lit. Elle est gênée, elle n'a plus l'habitude, elle n'a pas envie. Elle le repousse gentiment, prend la télécommande pour allumer la télévision et ils voient alors défiler les images du Mur qui s'effondre à Berlin, pierre après pierre.

— C'était comment ? dit Jules. Tu ne m'as pas raconté.

— C'était fou, complètement fou, murmure Alice. Personne n'aurait jamais pu prévoir ce qui s'est produit là-bas.

— Paul y était aussi pour l'ambassade, dit Jules. Tu l'as croisé ?

Bien sûr, elle l'a croisé, Paul. Mais comment lui dire ? Elle aimerait tant se confier. Elle a besoin de tout raconter à quelqu'un et elle ne sait pas à qui. Son cœur exulte. L'arrivée à l'hôtel, et cet homme qu'elle connaît, qu'elle reconnaît, qu'elle est heureuse de voir en cet endroit incongru, un petit bout du monde libre, ce fou rire qu'ils ont, à se demander ce qu'ils font là, si c'est la chance, connais-tu la notion de *serendipity* ? Un mot anglais, intraduisible, qui signifie « heureux hasard ».

En cet endroit où je suis, m'as-tu suivi ? Ou est-ce un malin génie qui se joue de nos deux timidités ? Dans quelle chambre es-tu descendue ? Est-ce celle qui se situe juste au-dessus de la mienne ? Ou peut-être est-ce la même, par un heureux malentendu ? Y a-t-il un mot anglais pour cette notion intraduisible ? Le mur qui s'écroule, pierre après pierre, brisé par une grande pelleteuse, le sentiment de vivre un grand moment, une date historique. Après avoir déposé ses affaires dans sa chambre, elle sort et elle tombe à nouveau sur lui, très volubile, qui parle d'un événement incroyable. Ils se rendent sur place, là où les milliers de gens de l'Est franchissent la frontière et s'échappent. Il prend une pierre colorée et la lui donne. Ils entendent « *Unglaublich !* ». La barrière est tombée, des colonnes de voitures défilent, accueillies chaleureusement par les Berlinois. Elle est assise en tailleur, sur le sol, il est à côté d'elle, il lui caresse le visage, il fait froid, il la prend dans ses bras pour la réchauffer, son cœur bat la chamade, une rumeur sort de son petit transistor. Une musique s'élève, un violoncelle, c'est la fin d'une ère et le début d'une modernité, celle de la liberté qui triomphe par cette marée humaine qui s'engouffre, ces familles séparées qui se retrouvent enfin, les files d'attente pour passer le Checkpoint Charlie de part et d'autre, Rostropovitch donne un concert improvisé devant le Mur, que peut-il faire de mieux en cet instant et soudain c'est la musique de Bach que l'on entend, tout le monde est saisi, tous pleurent, rient, crient, certains boivent. À coups de pioches, les Berlinois détruisent la frontière qui les séparait.

Au petit matin, Alice et Paul rentrent ensemble à l'hôtel, et par une évidence à laquelle il est plus facile de se rendre loin de chez eux, comme si c'était naturel, ils dorment. Cette nuit-là, ils ne font que dormir.

Et c'est bien pire que tout, pense Alice en éteignant la lumière, heureuse comme elle ne l'a pas été depuis longtemps.

Paris, mai 1981

Un hurlement déchire le silence. Jules en tremble, de tout son corps. Il considère Alice avec effroi. Les yeux exorbités, les tempes ruisselantes de sueur, le souffle coupé, elle crie à percer les tympans de son mari, et lui enfonce ses doigts dans son bras qu'elle a saisi et qu'elle finit par broyer en se tordant de douleur.

Il tente de lui parler, lui dit d'essayer de penser à quelque chose d'agréable, au slow de Joe Dassin par exemple, celui qu'elle adore, « L'Été indien », sur lequel ils ont dansé dans les soirées, les surboums, les boîtes de nuit. Il chante, on ira, où tu voudras quand tu voudras, et l'on s'aimera encore lorsque l'amour sera mort ; ce qui la fait sourire et même éclater d'un rire paradoxal au milieu de la souffrance.

Qu'est-ce que cela signifie, lorsque l'amour sera mort ? Cette phrase n'a pas de sens, pense-t-elle. Puis son esprit s'égare chez Castel rue Princesse, dans le quartier de Saint-Germain-des-Prés à Paris, qui a remplacé les boîtes de jazz où elle aimait aller, plus jeune. Avant la naissance d'Alexandre, ils buvaient, faisaient la fête, riaient, et rentraient à six heures du matin après y avoir dansé toute la nuit. Jules y va encore avec Paul, il s'y sent bien, libre, heureux et « en vie ». Quand il pénètre d'un pas de loup dans la maison tapissée de velours rouge, qu'il monte les étages à pas feutrés ou bien descend au sous-sol et croise Serge Gainsbourg, Jacques Dutronc et Françoise Hardy, des minets, des yé-yé, des discos et des rockeurs, il se sent renaître.

Soudain une autre vague de contractions la submerge et la souffrance est si intense qu'Alice n'en revient pas de l'avoir oubliée, depuis la dernière fois. Elle s'en veut d'avoir recommencé, et réitéré cette bêtise, elle qui s'était juré de ne plus jamais s'y risquer lors de l'accouchement d'Alexandre. La douleur des contractions, le déchirement de l'expulsion, les hémorroïdes et les crevasses, les montées de lait, les engorgements et les maux d'estomac sont devenus son lot quotidien, elle qui était il n'y a pas si longtemps une battante, une femme qui assure en Rodier, et qui, au volant de sa Fiat Panda, était capable de sillonner la France pour faire un reportage. Depuis elle a subi des forceps et une épisiotomie qui ont endommagé son périnée, elle s'est lassée de la rééducation qu'on lui a prescrite pour ne pas souffrir d'incontinence quand elle éternue ou éclate de rire, et jour et nuit, elle est devenue l'esclave de son fils, ce petit être vorace et tyrannique qui ne lui laisse pas le temps de respirer et pour lequel elle donnerait tout.

La première fois, pour Alexandre, elle avait compris que quelque chose de considérable se préparait, mais sans savoir quoi au juste. Elle ne parvenait pas à annoncer la nouvelle à Jules, elle était angoissée. Lorsqu'elle était rentrée dans leur petit deux pièces après la prise de sang, et qu'il lui en demandait le résultat, elle avait répondu : « Rien. » En prononçant ces mots, elle avait rougi, tremblé, faibli, manqué de tout avouer, comme si c'était une faute, un délit, un crime, une honte. Bien sûr qu'il y avait quelque chose. Elle préférait ne pas y penser tant elle était chavirée. Enceinte, elle avait peur de l'être et de ne plus l'être : elle avait lu dans un journal qu'avant trois mois, on ne peut rien dire car les fausses couches sont nombreuses.

Une autre contraction monte et la cloue sur place. Elle n'a même plus la force de hurler. Elle se tient, raide, le souffle coupé. Quelle folie. Elle n'aurait jamais dû. Elle regrette à présent. Pourquoi a-t-elle tant voulu ce bébé ? À l'annonce de sa grossesse, elle était un peu surprise, après quarante ans elle ne s'y attendait plus, elle était fière et inquiète, gaie et triste, surprise et angoissée. Lorsqu'elle l'avait annoncée à Jules, au jardin du Luxembourg, il n'avait pas bien réagi. Bouleversé et dérouté, comme écrasé de responsabilités, il avait mis du temps avant de la prendre dans ses bras et lui dire qu'il était heureux. En fait, il l'avait regardée, l'air complètement catastrophé. En rentrant, il avait fait les comptes afin de définir un budget prévisionnel pour l'année à venir. Est-ce qu'ils auraient réellement de quoi vivre avec deux enfants ? Elle faisait des piges pour des journaux mais n'avait pas d'emploi fixe, il s'était endetté pour ouvrir son cabinet d'architecture et acheter une voiture.

Le médecin arrive dans la salle d'accouchement avec la sage-femme, jeune femme à la blouse et au visage blancs, elle ne le reconnaît pas et pense que son esprit divague, mais non il se présente, il remplace l'obstétricien parti en vacances : est-ce qu'il s'appelle vraiment ainsi ou c'est une farce ? se demande Alice qui observe avec perplexité le nom inscrit sur son uniforme vert : *Docteur Risk*. Les deux sont affairés entre les jambes grandes ouvertes de la parturiente qui fait tout ce qu'elle peut pour tenter d'expulser cet enfant mais n'y parvient pas. De la salle d'à côté, proviennent des hurlements :

— Tuez-moi ! J'en peux plus… Tuez-moi ! Je vous en supplie !

C'est une autre femme qui accouche. L'obstétricien quitte la pièce précipitamment pour aller voir ce qui se passe. On n'entend plus de bruit, elle s'est tue, ou bien tuée, en tout cas elle n'a plus la force de crier. Ou peut-être a-t-elle été assassinée, achevée par le docteur Risk ?

Alice s'accroche à Jules tellement fort que lui aussi se met à crier car elle l'a pincé jusqu'au sang. Elle le regarde l'air égaré, il esquisse un sourire. Est-ce une fille ou un garçon ? À qui va-t-elle ressembler ? Et si c'était à Jo, avec son nez cassé et sa mâchoire de boxeur ?

Un temps de répit, les spasmes reprennent, montent en intensité. C'est atroce, elle en perd la tête, elle va s'évanouir. Le monitoring s'affole, Jules aussi, le bébé est en souffrance, la sage-femme rappelle le médecin, l'assiste, et pour ne pas prendre de risques il tranche. Il coupe !

C'est alors que l'enfant paraît. Qui est là, sur Alice, sur son ventre, contre son sein. Un bébé hagard, sonné, épuisé de fatigue et d'effroi, d'efforts et de combats, comme sa mère. C'est une minuscule petite fille de 2 kilos 400 qui ouvre sa bouche pour lancer ses premiers sons, toute couverte de graisse, de sang et de liquide amniotique. Qui se met à pleurer, des cris aigus, réguliers et faibles.

Le docteur Risk coupe le cordon ombilical, et libère le bébé qu'il pose dans les bras de sa mère ; et elle sourit, en larmes.

— Aidez-moi à la recoudre, Sylvia, intime le docteur Risk à la sage-femme.

Jules la regarde, l'air effaré, et se demande pour quelle raison il a accepté d'assister à ce carnage alors que pour Alexandre, il avait tranquillement attendu au café du coin en prenant une bière avec Paul. Il devient pâle, ses jambes se dérobent, soutenu par la sage-femme alors que le médecin s'affaire entre celles d'Alice, mais elle ne sent plus rien, elle est dans les vapes, au bord de l'évanouissement. Alice, déchirée et recousue. Alice exsangue, avec cette enfant dans une chambre d'hôpital, broyée et épuisée. Comme elle hurle toujours plus fort, si petite ! Elle lui donne le sein, qu'elle se met miraculeusement à téter comme si elle savait, avec détermination et reconnaissance, enfin apaisée. Elle ouvre les yeux sans la voir mais, sentant l'odeur de sa mère, s'endort contre elle, les yeux révulsés, sans un merci.

Jules prend le bébé qui bâille avec béatitude et offre ce sourire aux anges qui éclaire soudain les visages des nourrissons sans même voir à qui il s'adresse, un sourire réflexe, qui évoque à lui seul toutes les expressions, l'étonnement, la tristesse, la colère, la surprise, le dégoût, et cette incroyable faculté de considérer les êtres et les choses avec une curiosité insatiable.

Dans la chambre, pendant qu'Alice somnole, Jules allume la télévision afin de voir le résultat des élections. Devant lui, pixel après pixel, le visage du nouveau président est dévoilé, à la surprise générale. En voyant apparaître les traits de François Mitterrand quelques heures après ceux de sa fille, Jules saute au plafond, littéralement. Porté par son rêve de militant, il ressent une exaltation folle, transfiguré par une allégresse et un sentiment proprement révolutionnaire en cet instant si singulier de sa vie. On a gagné, crie-t-il. On a gagné !

Alice, à cette annonce, se réveille et se met à sangloter.

— Alice, pourquoi tu pleures ?

— Je pense aux femmes enceintes pendant la déportation… Cette idée m'est insupportable.

— Mais pourquoi, maintenant ?

— Comment ne pas y penser ?

Alice n'arrive pas à se réjouir comme Jules qui attrape le combiné du téléphone pour appeler tous ses amis, au comble de l'excitation et de la joie.

Envahie de pensées morbides, elle s'imagine soudain se jeter par la fenêtre avec son bébé qu'elle scrute avec angoisse, et un sentiment terrible de culpabilité, de remords, presque d'effroi l'envahit.

— Jules, murmure Alice.

— Qu'est-ce que tu as ?

— Je n'arrive pas à rester assise.

— Quoi ?

— Je suis grosse, je suis déchirée, j'ai des fuites urinaires et des hémorroïdes.

— Il faut faire quelque chose, Alice.

— Quoi ?

— Un régime.

— C'est pas ça, le problème.

— Le problème c'est quoi ?

— Le problème, c'est moi. Je suis triste, Jules. Tellement triste.

Assise sur le lit, prostrée, incapable de bouger, de dire un mot, Alice n'arrête pas de sangloter et se dit qu'elle ne pourrait pas être plus malheureuse. Jules lui prend la main, lui caresse tendrement le visage, tente de lui parler, de la calmer mais il sent bien que quelque chose le dépasse et qu'il ne peut rien pour elle, sinon essayer de la distraire avec l'élection de Mitterrand, de tout ce que cet heureux événement va changer dans la société, et pour eux. Il lui confie qu'il a rencontré des gens, des nouveaux amis qui lui ont demandé de rejoindre leur groupe, ou plutôt leur loge. Elle le regarde sans comprendre de quoi il lui parle, quel est le rapport avec l'heureux événement, alors il lui dit qu'il l'aime, qu'il est comblé de bonheur, d'avoir un enfant avec elle, un deuxième enfant, une fille, une charmante et douce petite princesse qui aura des yeux sombres et profonds et qui régnera sur son cœur, qui sera toujours là pour lui, et lui pour elle, comme une promesse renouvelée, un gage d'amour, d'amour qui dure. N'est-ce pas mon amour ?

— Comment allons-nous l'appeler ? demande Jules.

— Clara, dit Alice, qui s'efforce de sourire, les yeux embués de larmes, comme ma mère.

— Pourquoi pas Émilie ?

— Non, dit Alice. Ce sera Clara. J'ai toujours voulu une petite Clara.

— Comme tu veux, chérie, dit Jules. C'est toi qui décides.

Paris, mai 1968

Les cheveux longs, les yeux bleus et clairs, la bouche pincée dans un rictus, l'air déterminé et farouche, Jules a enfilé son jean, sa chemise bariolée et sa veste en daim pour rejoindre l'insurrection des étudiants dans le Quartier latin. Il a retrouvé son cher ami Paul qui vient de Nice. Membre actif du parti des étudiants de l'UNEF et du PSU, Jules admire Jean-Paul Sartre pour ses engagements et pour le soutien qu'il apporte à la révolte, et il a adhéré au mouvement trotskiste de la Jeunesse communiste révolutionnaire. Il passe beaucoup de temps dans les meetings, les réunions et les assemblées générales : il est déterminé à en finir avec la bourgeoisie et ses valeurs patriarcales, autoritaires et profondément injustes, et à ne pas s'enliser dans un modèle familial traditionnel, comme Jean-Paul Sartre et Simone de Beauvoir, qui refusent la notion de couple et restent ouverts à toutes les propositions et opportunités qui s'offrent à eux, sous peine d'aliéner leur bien le plus cher, le seul qu'ils ne possèdent pas, la liberté.

Ensemble, Jules et Paul fendant la foule jusqu'à la place Denfert-Rochereau où trône le lion de Belfort, bien assis sur ses pattes au milieu des échauffourées, qui tourne la tête vers la statue de la Liberté pour proclamer sa puissance. Ils crient à pleins poumons leur haine du gouvernement, leur solidarité avec ceux qui ont fait la grève, qui ont signé le manifeste des 142 de Daniel Cohn-Bendit contre l'impérialisme américain, ont assiégé et occupé Nanterre, renversé une poubelle sur la tête d'un professeur, et défié la police. Face aux CRS, ils sont maintenant dix mille à vouloir libérer la Sorbonne.

Dans la foule, Jules et Paul ont rencontré deux jeunes femmes aux cheveux longs et lisses, qui portent des jupes courtes, des bottes de cuir et de jolis sourires. L'une s'appelle Stéphanie, et l'autre Marie-Claude. Ils les entraînent et se perdent au milieu des groupes d'étudiants, de lycéens, de tous ceux qui veulent changer la société, et chanter *L'Internationale* à tue-tête. Pour eux, ce soir est le Grand Soir.

Alice est en retard, le joint de culasse de sa deux chevaux a explosé et elle est restée au bord de la route. Elle a fini par abandonner sa voiture, qui aura décidément tout vu : les équipées au Café de Flore ou aux Deux Magots, les manifestations, les rassemblements et les réunions féministes, les équipées sauvages avec six ou sept personnes à l'intérieur et les week-ends à Cabourg et à Deauville. Gagnée elle aussi par le vent de liberté qui règne sur la ville et la rue en colère, à l'aube des nouvelles naissances, des promesses et des renouveaux, elle se rend à pied vers le Quartier latin pour tenter d'y retrouver Jules. Elle a lu les *Mémoires d'une jeune fille rangée* et *Le Deuxième Sexe*, qui lui ont fait prendre conscience de la domination masculine et de la violence du patriarcat. Une société étouffante où les femmes font le ménage, la cuisine, et s'occupent des enfants. Où elles sont battues, exploitées, volées, violées. Elle n'a pas du tout l'intention de mener une vie dévouée à son mari et ses enfants, elle a soif d'action et de militantisme, elle s'est mise à écrire des tracts, des articles et des reportages pour plusieurs journaux de gauche. C'est pourquoi elle se dépêche de rejoindre le cortège des femmes avec ses banderoles et ses slogans. Elles veulent s'évader de leur prison, de leur carcan éducatif et construire une vie indépendante, une existence, pour reprendre un mot à la mode.

Alice s'arrête devant le Café de Flore où elle a rendez-vous avec Jules. Mais alors qu'elle l'attend, c'est un autre homme qu'elle voit arriver, les cheveux longs, la veste en jean et le sourire désarmant. Il est beau avec ses yeux sombres et sa barbe de trois jours, il lui fait la bise et lui murmure à l'oreille, qui êtes-vous, Mademoiselle ? Troublée, elle ne sait que répondre alors ils se sourient, lorsque Jules arrive et présente le jeune homme à Alice : c'est son ami Paul, qui était avec lui en Algérie, il vient de Nice. Tu sais, Paul ? Je t'en ai beaucoup parlé. Ah oui, Paul… Bonjour, moi c'est Alice, la femme de Jules.

Soudain pris par la foule, les cris, l'hystérie, tous les trois sont entraînés vers la prison de la Santé afin de soutenir les étudiants de Nanterre emprisonnés après l'occupation de la Sorbonne qui a eu lieu le 3 mai, et ils crient à l'unisson : libérez nos camarades !

Mais Alice les perd de vue, emmenée malgré elle par une nuée d'étudiants qui se dirige vers le boulevard Saint-Germain. Certains partent, d'autres restent, d'autres encore arrivent, gagnent le Quartier latin. Ceux qui cherchent l'action violente et ceux qui veulent discuter. Ceux qui désirent se battre et ceux qui veulent négocier. Ceux qui font la révolution et ceux qui l'accompagnent. Ils prennent les planches des chantiers, des cartons, n'importe quoi pour faire des barricades. Rue Saint-Jacques, rue Royer-Collard, rue des Irlandais, rue Gay-Lussac. Certaines font deux mètres de haut : le quartier est emmuré. Les étudiants se tiennent face à la police, les « Compagnies républicaines de sécurité », des forces mobiles créées en décembre 1944, quarante sections utilisées simultanément à Paris pour réprimer les émeutes. De leur côté, Paul et Jules se sont éloignés des combats de rue qu'ils n'aiment pas, qui leur rappellent la guerre, ils ont fui les CRS armés de matraques, de gaz lacrymogènes et de boucliers pour rejoindre les étudiants simplement munis de leurs slogans. Ils cherchent Alice mais ils ne la trouvent pas : elle a croisé des camarades féministes et un groupe informel mené par une jeune militante. Celle-ci revendique de vivre au grand jour, sans s'enfermer dans le ghetto de l'homosexualité, et pense créer un mouvement radical de contestation du pouvoir masculin inspiré des « sisterhoods » américaines : elle lui explique que les hétérosexuelles peuvent aimer les femmes, et envisager de devenir lesbiennes par choix politique.

Il est minuit derrière les barricades, mais personne n'a envie de rentrer. Jules et Paul ont retrouvé Marie-Claude et Stéphanie, ils se sont lancés dans la bataille contre les CRS qui ont donné l'assaut, à 2 heures du matin ils investissent la rue Auguste-Comte et le boulevard Saint-Michel, saccagent les barricades et envoient des grenades lacrymogènes contre les étudiants qui répliquent avec des pavés, ils crient : CRS-SS, et de Gaulle, assassin !, mettent le feu à tout ce qu'ils trouvent, voitures et barricades, la police progresse, les blessés s'accumulent, Jules, Paul et les filles, entraînés dans l'action par l'énergie de la foule, courent, s'échappent, se dispersent, se perdent, se retrouvent, se perdent à nouveau et se rejoignent enfin.

Alice a quitté la cohue des étudiants avec la jeune féministe, elles ont fui les cocktails Molotov, ont couru jusqu'au deux pièces où elle vit avec Jules au cœur du Quartier latin, ont sorti une bouteille de vodka, du haschich, tout ce qu'elles ont trouvé pour trinquer à la révolution. Elles boivent, fument, leurs mains se prennent, l'une puis l'autre, leurs têtes se frôlent, leurs visages se pâment, elles s'évadent de leur histoire et de l'Histoire, du temps, elles sont légères, elles sont floues, leurs corps se cherchent, se trouvent, leurs peaux se plaisent, se chavirent, leurs chairs se mélangent, elles n'arrêtent plus de s'étreindre comme si elles tentaient l'impossible ; et portées par la frénésie de la nuit, elles s'abandonnent à leur ravissement.

Ce matin-là, Paris s'éveille dans un moment de grâce, et c'est sans doute pour cette raison que l'instant est si beau, posé là au milieu de nulle part, comme un jalon, une ponctuation, un commencement sans lendemain. La femme de la nuit se lève, rassemble ses affaires et avant de partir, elle revient sur ses pas pour laisser un souvenir, un cadeau d'adieu. Alors qu'Alice dort encore, sans qu'elle ne la voie mais en espérant qu'elle le trouvera, elle pose discrètement un livre sur la bibliothèque. Un livre écrit par un jeune écrivain tchèque. Sur la page de garde, elle a inscrit une petite dédicace : *En souvenir de cette nuit folle, S.*

Mai 1962

Les époux se doivent mutuellement respect, fidélité, secours, assistance.

Alice et Jules se jurent un amour éternel dans la grande salle lambrissée de la mairie. Elle habite avec grâce sa parure perlée, bordée de dentelle, ajourée dans le dos, dont le bustier rigide souligne la taille, et sous son décolleté relevé par de fines bretelles à quelques centimètres au-dessus des épaules, son cœur bat la chamade. Jules a revêtu un costume gris avec un gilet et une cravate bleue, il a coiffé ses cheveux avec la raie sur le côté, à la Cary Grant dans *La Mort aux trousses*. Ils sont jeunes, beaux, bouleversés, heureux enfin après sept ans d'attente mais aucune réflexion, juste les aléas de la vie et la guerre, des engagements pris et défaits, des vicissitudes de l'existence. Ils sont gais, impressionnés et intimidés lorsque le maire prononce la phrase qui les unit par les liens sacrés du mariage, ainsi que les articles du code civil : *Les époux assurent ensemble la direction morale et matérielle de la famille. Ils pourvoient à l'éducation des enfants et préparent leur avenir. Si les conventions matrimoniales ne règlent pas la contribution des époux aux charges du mariage, ils y contribuent à proportion de leurs facultés respectives. Les époux s'obligent mutuellement à une communauté de vie.*

D'un côté, la famille de Jules, son père, son frère, sa belle-sœur, ses grands-parents, ses oncles, tantes et cousins, et de l'autre, du côté d'Alice, Tata Josette et quelques amis. Deux destinées s'unissent, se dévisagent, se sourient et se complimentent, se saluent avec politesse. Dans un moment solennel, Jules passe la bague au doigt d'Alice, qui le regarde, les larmes aux yeux, il prend son visage entre ses mains pour l'embrasser avec tendresse, avec passion, avec dévotion. Puis leurs témoins apposent leurs signatures sur l'acte de mariage, son frère Maurice pour Jules, et pour Alice, Tata Josette. Juste avant le mariage, cette dernière lui a remis un paquet bien emballé, qu'elle ne devra ouvrir que lorsqu'elle sera arrivée chez elle.

— C'était à ta mère, murmure-t-elle.

En fin d'après-midi, la noce a lieu dans une belle salle du Grand Hôtel, qui donne sur la mer. Jules serre les lèvres, pour ne pas pleurer. Alice sourit, emportée par la joie, tourne et danse dans sa robe de soie blanche, au bras de Tata Josette abritée sous un chapeau couleur crème tout comme son élégant tailleur.

Lors de la cérémonie religieuse qui a lieu après le mariage civil, le rabbin unit Jules et Alice par les deuxièmes liens sacrés du mariage. Et Jules place la bague autour du doigt d'Alice et murmure : *par cet anneau tu m'es consacrée*. Un orchestre joue une musique yiddish, un violon s'épanche dans une mélodie infiniment triste, qui perce l'âme et ravit le cœur. Dehors sur la terrasse, il fait beau, l'ambiance est gaie, l'air est doux, les regards assortis de sourires, de larmes, de connivences, et les cœurs ardents. Jo danse avec Tata Josette, Maurice avec toutes les femmes de la soirée, et même avec ses grands-parents qui se sont déplacés pour la circonstance. Les larmes aux yeux, Jules s'approche d'Alexandre et Émilie, et avec émotion il prend dans ses mains les visages émaciés, striés de taches et de rides, les beaux visages de ses aïeux, et il les embrasse avec une profonde tendresse. Il ne reste que l'amour, qui a pris pour eux la forme d'un sacrifice, d'une dévotion qui n'a plus d'autre considération que le bien-être et la survie, les choses du quotidien.

Puis Jules se lève, prend place au milieu de la salle, et sous les yeux de tous, y compris ceux d'Alice qui le regarde avec une émotion perceptible, il se lance :

— Chers amis, dit-il, merci. Merci d'être à nos côtés. Merci à mes chers, très chers grands-parents, Alexandre et Émilie Gardot. Grâce à vous… j'ai eu une enfance. Je ne formule qu'un vœu ce soir, c'est qu'Alice et moi puissions rester unis comme vous l'êtes.

« Merci à mon père Joseph, à mon frère Maurice, d'être là pour moi à chaque instant. Je pense à Maman. À chaque instant elle est avec moi. Nous savons ce que vous avez vécu pendant la guerre. Merci à mon père qui avec Maman et les gens des MOI, la main-d'œuvre immigrée, a organisé le départ et la fuite d'enfants juifs vers la Suisse. Je ne cesserai jamais, jusqu'à mon dernier souffle, de penser à ce moment où nous étions sur les routes avec nos valises et nos pièces d'argent cousues dans les doublures de nos manteaux, puis quand nous sommes arrivés dans ce village en Isère. Et tous les jours je suis envahi de fierté d'avoir eu des parents tels que vous, et j'espère être digne d'être votre fils. À chaque instant de mon existence, je penserai à Maman, qui a payé de sa vie son héroïsme et sa générosité face à la barbarie.

« J'ai une tendresse infinie pour mes beaux-parents qui ne sont pas là ce soir. Je sais, Alice, que toi aussi tu penses à eux, et aujourd'hui ils nous manquent cruellement. Alors je voudrais dire simplement que je les remercie, où qu'ils soient, de m'avoir donné Alice. De l'avoir sauvée aussi, ce jour-là, 16 juillet 1942, alors qu'elle n'était qu'une petite fille, et qu'ils ne pouvaient pas faire autrement que la laisser chez la voisine pour qu'elle puisse survivre.

« Et cette voisine est Josette, Tata Josette, qui a recueilli Alice et qui l'a cachée. Nous savons ce que vous avez fait, car vous aussi avez préservé la vie d'autres enfants juifs isolés dont les parents étaient arrêtés, et ce, au péril de la vôtre. C'est la raison pour laquelle nous vous appellerons toujours Tata Josette, comme tous les enfants que vous avez sauvés.

« Je ne remercie pas ceux qui sont venus de loin, même de très loin… D'Espagne, d'Italie, d'Amérique… C'est fou ce que les gens peuvent faire pour obtenir un repas gratis ces derniers temps… ! Non, sérieusement les gars…

« Et je voudrais vous dire une chose. Ou plutôt j'aimerais vous la lire, car j'ai préparé un petit texte.

« Alice, mon amour.

« Nous nous sommes rencontrés à un mariage. Un hasard, et pourtant ce n'est pas un hasard, puisque nous avions toutes les chances de nous voir un jour ou l'autre chez nos amis communs.

« Nous nous sommes reconnus, nous avons parlé, nous avons discuté, et telle une étoile filante tu as disparu, laissant derrière toi le sillage d'un parfum inoubliable.

« Car Alice… C'est bien ton nom, n'est-ce pas ?… tu es tout pour moi, je donnerais tout pour toi. Si tu me demandais de me jeter dans la mer du Nord, je le ferais, immédiatement. Mais je préfère la Méditerranée qui est plus chaude, et vers laquelle nous nous envolons demain…

Au petit matin, dans la belle chambre du Grand Hôtel qui donne sur la mer à Cabourg, Jules s'approche de sa femme, l'embrasse, la regarde et la caresse. Il lui parle d'amour, de son visage, de ses yeux, sa bouche, de leur expression, de tout ce qu'il ressent d'elle.

Ils se découvrent, enfin, leurs corps ardents et volontaires se réchauffent par une caresse qui n'appartient qu'à eux, qu'ils inventent à deux, avec leurs mains, leur cœur, leurs regards, ce mélange d'intensité et de douceur, de tendresse, de force et d'émotion. La façon dont ils se lient, dont ils s'imprègnent l'un de l'autre, les transforment. Ils se disent par leurs gestes qu'ils s'aiment. Les mains de Jules dessinent le corps d'Alice, l'auscultent, le sculptent. Ils font l'amour, et l'amour les fait. Leurs yeux parfois s'égarent, regardent l'horizon ou contemplent on ne sait quel souvenir lointain. Ils sont impérieux : leurs désirs sont des ordres. Tu es bien ? lui demande-t-il. Cette question, tu es bien…

Devant eux à travers la fenêtre, la mer s'étend dans un bleu d'acier, froide et distante. Les premières lueurs de l'aube l'éclairent, mais sans la réchauffer. L'horizon se révèle peu à peu comme un décor impavide prêt à se déployer lorsque la lumière se lèvera sur le monde et sur la ville, cette petite ville de Cabourg, romantique et désuète où ils ont choisi de célébrer leurs noces. Au loin sur la ligne bleue de l'horizon, des paquebots arrivent les uns derrière les autres, pour livrer leur cargaison au port du Havre. C'est comme un rêve, de les voir revenir lentement de leur voyage lointain et inconnu.

Le lendemain ils s'envolent pour Naples, prennent une chambre dans un petit hôtel dans le centre, traversent les rues et les grandes avenues, main dans la main. Puis ils embarquent pour Capri, accostent au port sur le côté sud de l'île, avec ses places et ses plages. La ville bâtie sur un promontoire serti de roches, de jardins et de petites échoppes, domine l'horizon avec ses maisons blanchies à la chaux. Un bateau à moteur les emmène sur la grotte bleue, où la mer est d'une couleur incomparable. Le soir sous le ciel étoilé, l'un en face de l'autre, ils se regardent, ils se confient. Elle ne veut plus parler de son enfance. Comme si sa vie commençait avec lui en cet instant précis dans ce village aux maisons colorées sur le port, avec ses ruelles, ses boutiques et ses cafés.

À leur retour, Jules et Alice emménagent dans leur petit deux pièces de 30 mètres carrés au troisième étage d'un immeuble de la rue Mouffetard, en plein Quartier latin. Il est vide mais il leur paraît immense. Il faut le meubler, l'habiter, le décorer. La jeune mariée ouvre enfin le cadeau de Josette : une jolie lampe Art déco en étain et en verre blanc, qu'elle dépose avec mille précautions sur une petite table. C'est le premier objet qu'ils mettent chez eux et elle en a les larmes aux yeux : c'est la seule chose qui lui reste de ses parents.

Peu à peu ils s'installent. Jules étudie l'architecture et il est pion, poinçonneur de tickets de métro, veilleur de nuit. Il rentre à l'aube, fatigué, alors qu'Alice se réveille pour étudier. Ils achètent leurs habits à Barbès, des chandails, des pantalons, des jupes et des duffle-coats. Elle fait les courses et à manger – des plats simples. Elle ne passe pas trop de temps derrière les fourneaux, et ne s'intéresse pas tant à la nourriture terrestre qu'à la nourriture spirituelle. Ils se rendent au restaurant universitaire à midi, c'est plus commode et ce n'est pas cher ; il y a même moins onéreux, les pâtes.

Ils préparent leurs diplômes, assistent à leurs cours. L'été, ils révisent pour réussir leurs épreuves. Ils ne pensent pas à avoir un enfant : ils sont des grands enfants pris dans leurs tourments. Elle, saisie par ses angoisses, réveillée par des insomnies. Souvent terrifiée par la foule, par l'idée de sortir, de rencontrer des gens. Lui, sociable, sur le qui-vive, parfois déprimé, parfois drôle, gai, intense, beau, ténébreux, avec ses yeux, l'un sérieux, l'autre joyeux, les deux facettes de sa personnalité ; capable de danser, de chanter et de raconter des histoires mais aussi traversé par des idées morbides et suicidaires au moindre mal de tête ou à l'estomac.

Ils découvrent une vie commune faite de promenades le long de la Seine, ou à Montmartre, sur les lieux de son enfance. Jules a toujours quelque chose à faire, un programme, une activité sportive, une exposition, une balade. Il adore nager et fait découvrir à Alice la piscine de la rue Blomet qu'il apprécie pour son architecture. Grâce à l'argent qu'il a gagné, il a acheté une petite 404 blanche avec laquelle ils explorent les environs de Paris, la vallée de Chevreuse, les forêts de l'Eure, jusqu'en Normandie. Ils aiment partir le dimanche matin et prendre un café sur la plage à Cabourg. Jules s'est découvert une passion pour la décoration, il chine aux Puces de Saint-Ouen, découvre des meubles anciens qu'il négocie pour agrémenter leur appartement. Il s'y est même acheté une veste en daim qu'Alice apprécie beaucoup. Souvent ils dînent avec le frère de Jules, et sa fiancée. Alice est contente de s'être trouvé une famille en dehors de Tata Josette. Jules oublie l'anniversaire d'Alice, mais cela n'a pas d'importance. Leur salle de bains minuscule fait même office de bureau lorsqu'ils ont besoin de s'isoler. Jules a acheté un poste de télévision sur lequel il regarde une nouvelle émission présentée par Guy Lux, Léon Zitrone et Simone Garnier, « Intervilles ». Le jeudi, il joue au bridge, au rami, au poker avec son frère et des amis, pendant qu'Alice travaille à la maison.

Jules et Alice aiment parler pendant des heures, de tout, de rien. Alice a beaucoup d'admiration pour son mari, son tempérament visionnaire, sa culture, sa créativité, sa générosité. Fou amoureux d'elle, il la regarde du matin au soir. Il aime qu'elle soit à la fois déterminée et timide, cultivée et curieuse, forte et sensible. Avec ses cheveux bruns longs, qu'elle lisse ou boucle selon ses envies, à l'aide de bigoudis multicolores, ses yeux sombres ourlés de faux cils, sa bouche fine aux dents régulières, ses taches de rousseur sur son nez un peu retroussé, sa silhouette longiligne et ses jambes légères, elle représente pour lui l'idéal féminin.

Ils vont au cinéma, voient deux fois d'affilée *Lawrence d'Arabie*, déambulent à Saint-Germain, prennent un café au Flore ou aux Deux Magots et regardent les passants, les voitures, la vie parisienne qui s'anime d'un souffle nouveau, d'un vent d'espoir. Des femmes en jupe courte, en pull, des jeunes, des plus vieux, des amoureux qui se tiennent par la main, s'embrassent dans la rue. Et le soir, avec des amis, ils se rendent chez Castel, la boîte qui vient d'ouvrir rue Princesse dans un immeuble de trois étages, où ils croisent Jean-Pierre Cassel, Françoise Dorléac, Brigitte Bardot, Régine et Françoise Sagan. Jusqu'au bout de la nuit, ils dansent le twist, le jazz et la java. Ils rentrent au petit matin et ils font l'amour sur un disque de Serge Gainsbourg. Avec effusion, avec tendresse, avec passion, ils s'approchent, s'unissent, et se désirent encore, jamais rassasiés. Ils sont portés par l'envie qui soude leurs corps et leurs esprits. Et par ses mots il l'enchante, la charme, la séduit, a envie de se fondre en elle, et elle de s'unir à lui, d'être l'un à l'autre. Comme s'ils étaient seuls au monde, comme si plus rien n'existait sauf eux, comme si rien n'avait d'importance sinon l'enchevêtrement de leurs corps qui se perdent et se trouvent, se cherchent et se manquent. Plus il la regarde, plus il la désire. Et elle est bouleversée de le sentir si proche d'elle. Elle pense que leurs destins sont liés, à jamais, que rien ne pourra les séparer. Et lui essaye, à travers elle, de s'adonner à la vie, de perdre la mémoire et d'oublier ses cauchemars, ces images troubles du passé qui ne cessent de le hanter.

Aïn-Sefra, Algérie, 1957

— C'est une guerre, dit Jules, mais l'ennemi est invisible. Partout des attentats, des attaques, des civils massacrés. Dans les villes, des explosions, des tirs qui partent de tous les côtés. En fait, c'est une guerre contre la population.

— Ils font quoi ?

— Ils torturent et ils tuent. Des Européens aussi sont abattus dans les rues, des bombes explosent. Et on appelle ça : les « événements ». Le gouvernement ne fait rien. Guy Mollet se laisse impressionner par les manifestants ; il est influencé par les ministres résidents à Alger. Robert Lacoste se prononce pour la méthode dure. Bref, tout le monde laisse agir les autorités et les militaires. J'ai le sentiment d'accomplir une guerre injuste, d'être du mauvais côté. Les colons disent qu'ils ont développé le pays, repoussé les lions, et pourtant la façon dont ils traitent les Algériens au nom de leur idéologie civilisatrice est ignoble. Et puis, ces morts, ces milliers de morts. On nous explique que les Français sont en Algérie depuis plus de cent ans, que c'est une province française, c'est donc une guerre civile, fratricide, beaucoup d'entre eux voudraient rester français. Mais la nuit… Je me bouche les oreilles pour ne pas entendre les cris dans les casbahs.

Alice écoute Jules, émue de l'entendre au téléphone. La dernière fois qu'elle l'a vu, ils étaient sur un banc au jardin du Luxembourg. C'est là qu'ils se donnent rendez-vous, qu'ils passent des après-midi ensemble, à s'enlacer, à s'embrasser, attirés l'un par l'autre comme des aimants. Puis Jules a été mobilisé et incorporé dans le peloton des tireurs sur chars, à La Valbonne, près de Lyon, au 8ᵉ régiment de cuirassiers, et transféré en Algérie. Ils se sont séparés le cœur ravagé, en se promettant de s'écrire et de se parler, autant que possible.

Depuis le départ de Jules, Alice se rend en pèlerinage sur les lieux où ils ont été ensemble : les cafés, les quais de Seine, les restaurants, les rues étroites plus que les grandes artères. Les ponts brumeux au petit matin, les avenues aux belles vitrines, les chambres de bonne encore allumées où les étudiants peinent sur leurs copies ; les quais, avec les étals verts des bouquinistes fermés à clef, et le soir, la place de la Concorde sous la pluie fine, illuminée par les longues rangées de lampadaires.

Dans ses lettres, Jules décrit le paysage lunaire au sol calcaire et sableux dans le massif des monts des Ksour, à plus de mille mètres d'altitude. Il lui parle de la vie au poste militaire qui assure la sécurité aux portes du Sahara. Depuis sa promotion en tant que sous-lieutenant, il commande un peloton dans un endroit plus retranché encore à côté d'un village arabe où il ne se passe rien. Le désert : une vie absurde dans la chaleur, face à soi-même et face au vent. Les tempêtes de sable, où soudain l'horizon s'obscurcit et en quelques minutes il faut s'abriter. Et aussi la beauté des plages vides, où les soldats sont allés pour une permission de trois jours. Ils se sont baignés, heureux de ce bref moment de répit, hors du temps. Il lui raconte le sirocco qui rend fou. Leur mission qui consiste à « garder la position ». Heureusement il a un transistor pour peupler la solitude de la nuit. Il écoute Europe n° 1 qui le sauve de la folie de son capitaine : pour galvaniser les troupes, celui-ci leur explique qu'ils font partie d'une armée « pas comme les autres », une armée d'élite, dans laquelle il faut se montrer impeccable, les habits parfaitement repassés, coiffé, bien mis.

Il évoque aussi la rencontre d'un homme, un soldat avec lequel il a sympathisé car ils portent le même regard sur cette situation. Il vient de Nice, et il est issu d'une famille de gauche. Pendant de longues soirées, ils se demandent pour quelle raison ils sont là. Et ils partagent leurs idées et des idéaux, s'enrichissent de leurs rêves, les respirent comme de l'air pur afin de supporter l'asphyxie de la guerre. Durant des heures, Jules lui parle d'Alice, lui fait même lire ses lettres, celles qu'il lui écrit, presque tous les jours, et celles qu'il reçoit.

— Et toi, comment tu vas, mon amour ? demande Jules, au téléphone.

— Oh moi, rien. J'essaye de comprendre.

— Quoi ?

— D'où je viens.

— D'où viens-tu, Alice ? Moi aussi, je me demande. De quelle planète ?

— Sérieusement. Je voudrais en savoir plus sur ma famille, sur mon passé. J'ai retrouvé la trace de mon père grâce à une lettre qu'il a envoyée depuis Dachau. Ça m'a bouleversée de la lire. Il disait qu'il allait revenir, qu'ils venaient d'être libérés. Puis on n'a plus eu de nouvelles. Crois-tu qu'un jour je retrouverai sa trace ?

— Je l'espère… De tout mon cœur Alice.

— Je n'ai presque pas connu mes parents. Je n'ai ni frère ni sœur. Juste Josette. C'est comme si je n'avais pas du tout de famille.

— Alors je serai ta famille.

Alice aime entendre sa voix. Elle se berce de ses mots. Elle pourrait rester des heures pendue au téléphone à lui parler mais ils sont souvent interrompus. Parfois, la nuit, quand le sommeil tarde à venir, elle relit la lettre que Jules lui a écrite, après leur rencontre. Cette lettre qu'elle chérit plus encore en son absence et dans laquelle il lui dit tout. Elle la lit et la respire, pour combler le manque et l'absence qui l'obsèdent.

Et deux mois plus tard, sur « Black and Blue » de Sidney Bechet, Jules et Alice refont connaissance dans un bar de Saint-Germain, heureux de se retrouver enfin : ils commandent un gin tonic, se parlent à l'oreille, se sourient, s'effleurent et se touchent car la musique est forte, se séduisent, ne se quittent pas des yeux, attentifs au moindre détail. Jules a quitté sa tenue de militaire pour un costume gris. Ses cheveux sont drus, presque ras, ce qui fait ressortir ses yeux bleus et son sourire délicat, même si son regard s'est obscurci. Le jeune homme presque adolescent qu'elle a quitté a laissé place à un homme plus maigre, émacié, vieilli avant l'âge. Son visage reflète la fatalité, la fatigue et la souffrance, l'anxiété aussi. Et la volonté de vivre chaque instant comme si c'était le dernier. Alice porte un twin-set vermillon avec une jupe tube qui enveloppe ses jambes minces et longues sur ses hauts talons. Elle a discipliné sa chevelure en un joli chignon, a mis du mascara et du rouge à lèvres rose pour souligner son sourire aux dents rangées comme des perles, elle a dissimulé ses taches de rousseur sous une couche de fond de teint.

Jules prend la main d'Alice, l'entraîne sur la piste, ils dansent. Le rythme est lent, leurs corps se trouvent. Ils s'enlacent, s'embrassent, au milieu de la fumée, des vapeurs d'alcool, des gens qui rient et des musiciens qui improvisent jusqu'au bout de la nuit. Le vertige les gagne, la tête leur tourne, le jazz les fait chavirer, déjoue leurs attentes, les pousse à se serrer l'un contre l'autre, elle en frissonne de bonheur et de désir.

Puis très tard, un peu éméchés, ils sortent dans la nuit froide, emmitouflés dans leur manteau, ils hèlent un taxi puis un autre, mais ils n'en trouvent pas à cette heure, le monde se presse dans les rues, les voitures klaxonnent, alors ils marchent sous un vent glacial, leur souffle dessine des volutes blanches, deux silhouettes qui s'enfuient dans la nuit, des fugitifs qui n'ont pas de lieu sinon la ville, au petit matin, la vie. Elle lui sourit, et dans ce sourire elle lui dit, ce qui est important, c'est ce qui est en train de se passer entre toi et moi, ici et maintenant, peu importe le reste, le passé, la guerre, les erreurs, les regrets, les attentes. Cette rencontre, entre nous. Cette envie de se connaître, de se revoir, d'être ensemble. Qui peut l'empêcher ? C'est plus qu'une évidence, une fulgurance. Et déjà, la peur de se perdre. Il faut tout se dire, avant de se quitter lorsque vient l'aube.

Ils sont tellement heureux qu'ils veulent savourer chaque instant : ils n'ont pas le droit d'être ensemble. Leur union, illicite, est considérée comme une atteinte aux bonnes mœurs, et pour tout dire un adultère, une faute pénale passible de sanction judiciaire. Ils se voient dans le plus grand secret – car Jules est marié.

Paris, 9 mai 1955

— Je vous déclare mari et femme.

Le maire décline les articles du code civil. La mariée est belle, le port de tête altier, les yeux noisette et le sourire lumineux, de ses mains elle serre un bouquet de fleurs blanches et pâles comme elle, entourées de verdure, un assemblage qui évoque la pureté et le printemps. C'est émouvant et gai, c'est fou et un peu drôle, parce que c'est toujours le même, ce cérémonial que l'on connaît depuis l'enfance et auquel on assiste, émerveillé. Ceux qui s'unissent en cet instant se regardent. Elle esquisse un sourire et il esquive une larme. Gênés, timides et heureux, ils éclatent d'un rire franc, victorieux : les voilà mari et femme.

Dans une soirée chez des amis, elle a rencontré ce jeune homme qui allait devenir son mari, ils se sont fréquentés, elle l'a présenté à ses parents, des industriels qui vivent dans le XVIe arrondissement à Paris, et il a fallu vite régulariser la situation. Prévoir le mariage, emménager dans un appartement choisi par le père, s'installer, trouver un métier et commencer sa vie. Thérèse, à vingt-deux ans, ne désire pas travailler, elle souhaite se consacrer à son foyer et à son époux. Sa mère lui a offert le manuel de la femme modèle selon lequel il faut toujours être enjouée et intéressante, ranger et nettoyer son intérieur pour privilégier son confort et son bien-être, que le dîner soit prêt quand son conjoint rentre à la maison, réduire les bruits tels que ceux de l'aspirateur ou des robots ménagers lorsqu'il se repose, l'écouter, le laisser parler d'abord, ne jamais se plaindre, se plier à tous ses désirs.

Mais au moment où le marié en question s'apprête à signer le contrat de mariage, il lève les yeux et voit, totalement interloqué, une femme aux cheveux longs et raides, au regard malicieux, aux taches de rousseur sur un nez fin, parfait, elle est souriante, charmante et gaie. C'est elle, à n'en pas douter, la jeune fille qu'il a croisée la veille, au jardin du Luxembourg. Il hésite, la regarde encore, puis il signe. *Jules Gardot.*

Il se promet de ne plus lever les yeux vers elle mais c'est impossible. Et plus il se retient, plus il la regarde. Leurs corps se parlent un langage silencieux et infinitésimal qu'eux seuls perçoivent. Leurs âmes se cherchent. Elles entretiennent un dialogue secret et ardent. C'est comme si une autre dimension s'ouvrait à eux deux, d'un coup, une autre vie tapie au creux de leurs vies. Une pure présence où deux coquilles vides se remplissent l'une de l'autre. Les êtres perdus se cherchent et se trouvent, par un geste spirituel. Soudain ils s'offusquent de leur manque de cohérence, de ne pas avoir été eux-mêmes, prisonniers des conventions, de la société, et de leur timidité. Et le sol s'ouvre sous leurs pieds, le ciel, au-dessus de leur tête, se déchire en un éclair, et ils en ont le vertige. Comme envoûtés, ils vacillent, leurs têtes tournent. C'est un frisson qui s'empare d'eux, les saisit et les tue.

Alors ils se saluent, un échange a lieu : un regard qui s'attarde, qui s'intéresse, qui part et qui revient. Ce regard, c'est celui de leurs cœurs qui vibrent, de leurs corps qui s'attirent. Il est grand et mince, avec ses yeux qui se plantent au fond des siens. Elle est brune avec des paupières auréolées d'une poudre bleue, une bouche rouge qui murmure : « bonjour », « je suis Alice », « l'amie de Thérèse ». « Et moi, je suis Jules, le mari de Thérèse. »

— J'ai peur, Jules, que votre chemin vous ait égaré ici, dans cette mairie, par ce beau mois de mai.

— Quelle place faites-vous à l'amour dans votre existence ?

— Avez-vous déjà croisé un regard qui vous bouleverse autant ?

— Oui, hier il me semble, au jardin du Luxembourg. Ou peut-être dans une autre vie.

Ce sont ces phrases imaginaires qu'ils entendent, alors que l'orchestre joue « Histoire d'un amour » qui apporte chaque jour, tout le bien, tout le mal, à l'heure où l'on s'enlace, celle où l'on se dit adieu, avec les soirées d'angoisse et les matins merveilleux.

Alice n'aurait pas dû être là. Elle est arrivée en retard au mariage dans sa deux chevaux verte : un petit coffre perché sur quatre roues qui a calé en plein milieu de la rue et a fini par redémarrer, souffreteuse.

Jules n'aurait pas dû être là, mais pour d'autres raisons. Parce qu'il s'est laissé faire sur le chemin de la vie, parce qu'il était un garçon bien élevé et convenable, qui ne sort pas avec une femme sans l'épouser. Parce que c'est ainsi qu'il a été éduqué par ses parents et par ses grands-parents.

Et voici Jules en train d'apposer sa signature, et voici Alice qui le regarde et a envie de fuir, dans la crainte que son véhicule ne se transforme véritablement en citrouille.

Après la mairie, le dîner et la soirée ont lieu dans une grande salle d'un restaurant en plein milieu du bois de Boulogne. Les tables sont ornées de fleurs blanches et roses. Jules ne peut s'empêcher de remarquer la présence d'Alice, qui ne parvient pas à lever les yeux sans voir ceux de Jules et dans ces regards, il est évident que chacun est élu par l'autre, même s'ils n'en ont pas tout à fait conscience, même s'ils ne trouvent pas les mots pour le dire, même si leurs yeux à cet instant se détournent, par gêne, par surprise, par pudeur, par effroi. Et même si leurs regards se croisent à nouveau, par inadvertance, s'attardent et se fixent, au point qu'elle se sente troublée, presque gênée, et Jules voudrait tenter un mouvement vers elle pour l'inviter à danser avant qu'elle ne soit happée par d'autres et qu'il ne voie plus que son dos, où tombent ses longs cheveux dénoués au cours de la soirée, sur ses épaules fines, chétives, et que, porté par un mouvement de foule, il ne la perde de vue, la cherche vainement dans la mêlée, parcoure fiévreusement la salle pour voir où elle est : mais on ne sait pas pourquoi ces choses arrivent, que quelqu'un vous touche l'âme et le cœur, lui et nul autre, comme une révélation qui serait l'aveu ultime, puisqu'il n'en existe pas d'autre finalement – en tout cas pas une dont on puisse faire l'expérience terrestre.

Elle est partie sans rien dire, sans un au revoir, sans donner d'adresse ni de numéro, pas même un adieu. Jules marche seul devant le lac, en plein cœur du bois de Boulogne. Il est sombre et calme à cette heure tardive. Il marche ou plutôt, il vole, il a encore dans la tête « La Foule » d'Edith Piaf, jouée par l'orchestre du mariage. Devant l'eau où sont les barques, il s'arrête, prend place sur un banc et contemple le lac où plonge la lune, comme une grosse sphère qui se noie. Hypnotisé par ses reflets argentés, il se laisse bercer par le clapot. Une douce brise le caresse et agite les arbres aux ombres amies qui l'entourent et l'enveloppent de leur manteau sombre.

Il est heureux, il est grisé, il est saoul et amoureux. D'où vient-elle ? Où va-t-elle ? Que sait-elle ? Sait-elle que c'est elle ?

Il pense la revoir, telle une vestale sur une barque, qui s'éloigne de lui en souriant, vers un horizon légendaire et mystérieux.

Il pense à son épouse qui l'attend à l'hôtel, seule dans sa chambre. Sa femme, dans sa robe diaphane, le soir de son mariage.

Il pense à cet écrivain breton qu'il aime beaucoup, Armand Robin, et à ce poème qu'il a écrit : « Ma femme n'est pas ma femme ».

Il a compris qu'il a trouvé sa femme mais qu'elle n'est pas sa femme. Il sait qu'il va divorcer, à peine marié. Il pense que cela lui prendra du temps.

Il espère qu'Alice l'attendra. Et un jour peut-être, elle lui dira oui.

Il n'y a qu'une lettre pour la convaincre qu'il n'est pas complètement fou. Alors, pris d'une inspiration, il sort un stylo de sa poche, un papier trouvé par hasard, il se met à écrire, à jeter des idées, dans le désordre, peu importe, puisque cette lettre, il la réécrira pendant des jours et des nuits. Mais où l'envoyer, à quelle adresse ? Il ignore où elle habite, où elle sort, où elle va, où… Peut-être… un banc, au jardin du Luxembourg, à droite devant le bassin aux petits bateaux – à l'endroit même où il l'a croisée par hasard, la veille.

Paris, 8 mai 1955

— Puis-je prendre place à côté de vous, Mademoiselle ?

Jules fixe le banc où est assise la jeune femme qui se tient droite, l'air sérieux, une main posée sur un livre ; le regard perdu vers l'horizon.

Elle se tourne pour l'observer : il est beau avec ses cheveux bruns, coiffés en arrière avec de la gomina. Son sourire éclaire son visage anguleux, émacié, et ses yeux bleus qui expriment à la fois la gravité et la joie, la profondeur et la légèreté.

— Je vous en prie, Monsieur, asseyez-vous.

Ils sont au jardin du Luxembourg : c'est là qu'elle aime venir, toujours au même endroit, au bout de la rangée à droite quand on fait face au bassin, à côté des chaises vertes qui bordent les chemins et les fontaines. Un peu décolorées, tachées par les intempéries, elles portent la marque du temps, tout comme les fleurs qui renaissent au printemps, les arbres, marronniers, orangers, cèdres de l'Atlas et arbres de Judée, hêtres immenses, thuyas et séquoias, ginkgos et ormes, et comme les enfants qui grandissent, qui peuplent le jardin et l'égayent de leurs cris mêlés au chant des oiseaux, et tous les hommes et toutes les femmes qui viennent s'y asseoir et s'y aimer, le temps d'une saison ou le temps d'une vie.

Ses cheveux longs qui tombent sur ses épaules se soulèvent sous la brise et caressent son visage, sa jupe en coton léger et son twin-set en laine beige soulignent sa silhouette mince, élégante, gracieuse. Frêle, agile et hiératique, on dirait qu'elle va s'élancer vers les cieux. Il la salue d'un petit mouvement de tête, se perd dans la contemplation de sa bouche rouge, son nez fin, son regard mélancolique, et ses petites mains potelées, enfantines encore.

Elle lui sourit en retour. Puis à nouveau elle regarde droit devant elle, l'air concentré. Son visage juvénile est expressif – ses yeux l'observent, c'est comme si elle était aux aguets.

Elle est sortie de chez elle, a remonté la rue Lhomond, descendu la rue d'Ulm jusqu'au Panthéon, puis elle a emprunté la fastueuse rue Soufflot jusqu'au jardin du Luxembourg ; avant de s'asseoir sur le banc où elle aime se reposer et rêver devant le bassin où voguent les bateaux à voile lancés par les enfants.

C'est ici qu'elle somnole, réfléchit, et se plonge dans ses souvenirs. Lorsqu'elle était petite, elle venait dans ce jardin avec ses parents. Elle jouait avec des cailloux, cela pouvait durer des heures. Un après-midi, elle s'est étouffée en avalant une pierre : son père l'a tenue bien droite en lui pressant la poitrine pour la lui faire recracher. Ce jour-là, il l'a sauvée, mais elle en a gardé une appréhension lorsqu'elle déglutit, lorsqu'elle mange des mets filandreux ou qu'elle avale des pilules.

Elle lève les yeux et considère avec une certaine curiosité l'homme qui a pris place à côté d'elle. Il est habillé avec élégance, d'une chemise blanche sous un pull en V et d'un pantalon de toile beige : des couleurs lumineuses et discrètes en ce mois de mai.

Assis l'un à côté de l'autre, ils se tiennent avec grâce, se meuvent avec douceur, et remplis de désirs contenus, ils semblent perdus dans un monde à part, un sourire sur les lèvres.

Il se tourne vers elle, la regarde avec tristesse et résignation. Elle l'observe, les traits figés dans une expression indéfinissable, entre le doute et l'incrédulité. Que fait-il donc au jardin, à cette heure de la journée, lorsque les gens travaillent ? Il est inscrit à la Sorbonne en licence d'histoire. Plus tard, il voudrait être directeur de musée, ou archéologue. Il aimc l'idée d'enquêter sur les origines, et découvrir les civilisations oubliées.

Archéologue, un beau métier. Quelle région et quelle époque l'intéressent ? Connaît-il l'Égypte ? A-t-il entendu parler de la découverte des manuscrits de la mer Morte ? Elle vient de s'inscrire en fac de lettres. Elle aimerait enseigner dans un collège. Recueillie dans un foyer, elle a vécu avec des enfants pendant un moment. Elle aime jouer avec eux, se déguiser pour les amuser, leur raconter des histoires. Auprès des adultes, elle a l'impression de ne pas être à sa place.

— C'est votre enfance qui vous manque, observe-t-il.

Elle le regarde, bouleversée soudain.

— C'est ici, sur ce banc, que mes parents s'asseyaient pendant que je jouais. C'est la raison pour laquelle j'aime venir au jardin du Luxembourg.

Un vent léger fait bruisser les feuilles des arbres majestueux qui le couvrent comme un toit d'ombres centenaires. Un rayon de soleil perce à travers les branches. L'air est doux, on se croirait presque à la campagne.

Elle passe une main dans ses cheveux pour les discipliner. Elle tourne son regard vers lui et écoute le récit qu'il lui fait d'un ton calme et grave, sans la quitter des yeux.

Il lui parle du 8 mai. Il n'était qu'un enfant lorsque les sirènes et les cloches des églises ont retenti. Tous sont allés dans les rues et sur les places pour entendre le général de Gaulle annoncer la victoire des Alliés à travers les haut-parleurs. Sur des photos jaunies, il pose avec son frère dans un village en plein cœur de l'Isère. L'émotion le gagne lorsqu'il parle de sa mère, et du pain qu'elle faisait. Chaque vendredi, ses mains le pétrissaient indéfiniment ; ce souvenir étreint son cœur et il retient ses larmes. Pourquoi est-elle restée à la maison, lorsque leur père les a emmenés, son frère et lui, en promenade dans la montagne ? Pourquoi n'est-elle pas venue avec eux, ce jour-là ?

— C'est étrange, dit-il. Je ne sais pas pourquoi je vous raconte tout ça. Je n'en ai jamais parlé à personne.

— Depuis la guerre, j'ai l'impression d'un vide permanent.

— Quel âge avez-vous ?

— Dix-huit ans, dit-elle. Et vous ?

— Vingt-deux. Je suis à peine plus âgé que vous.

— Nous sommes adultes, et nous n'avons pas commencé à vivre.

Il la regarde soudain.

— Puis-je ?

Elle lui sourit et il ose lui prendre la main, délicatement. Il sent la chaleur de sa peau fine, qu'il caresse pendant un moment avant de la porter brièvement vers sa bouche.

— Je m'appelle Jules, dit-il. Jules Gardot.

— Enchantée, Jules.

— Où habitez-vous ?

C'est ainsi, au premier regard. Et déjà la peur de se perdre. Où habitez-vous ? Comme si c'était la question la plus importante du monde. Quelque part, sur la planète Terre. Sous la voûte céleste je réside et il y fait toujours nuit. Sauf en cet instant où un éclair déchire le ciel. Sous les astres, ceux qui sont actuellement au-dessus de nous alors que nous sommes en plein jour, l'aviez-vous remarqué ? Tout comme cette étoile filante dont la lumière a déchiré les cieux, seulement par l'éclat de vos yeux. Je ne sais plus où j'habite, depuis que vous m'avez regardée. Je n'ai pas de nom, je ne me souviens de rien, rien d'autre que votre attention à mon égard. J'habite n'importe où, avec vous si vous le souhaitez. Mais qu'est-ce que cette question, où habitez-vous ? Et comment le saurais-je maintenant que je vous ai rencontré ? Je ne peux plus trouver ce lieu mystérieux où je me réfugiais, où je vivais sans exister, où je me cachais pour me protéger, pour ne pas souffrir du genre humain.

— Adieu Mademoiselle, dit Jules. Ce fut un réel plaisir de faire votre connaissance.

Puis, troublé, il se lève, la salue d'un bref mouvement de tête, et il part sans hâte, d'un pas hésitant.

Elle le suit longuement du regard, alors qu'il s'éloigne dans la grande allée, vers l'entrée du jardin.

— À bientôt, Jules, murmure-t-elle.

Mademoiselle,

Hier, lorsque vous êtes partie précipitamment sans laisser de trace, j'ai oublié de vous dire une chose importante : nous allons passer les soixante prochaines années ensemble.

Nous allons nous marier à Cabourg, dans ce bel hôtel qui surplombe la mer. Vous me regarderez avec vos yeux profonds et tristes qui plongeront dans les miens au point d'en faire couler des larmes d'enfant ; et en vous regardant, j'oublierai tout, de ce passé qui nous a esquintés, de ce monde atroce qu'on nous a légué. Je penserai à vous et je panserai vos plaies. Nous irons en voyage de noces à Naples et à Capri, et sous un ciel étoilé, je vous ferai un serment, et l'amour. Je vous regarderai déambuler sur les quais de Paris, par tous les temps, à tous les âges de la vie et sur mon cœur à l'endroit où il est le plus sensible, là où vous l'avez piétiné, hier soir, sans me dire adieu. Lorsque vous enfoncerez vos doigts dans mes bras, je saurai que vous accoucherez. Ce sera une minuscule petite fille qui aura vos yeux et mon regard. Et votre incroyable faculté de considérer les êtres et les choses avec une curiosité insatiable. Je sentirai bien, en voyant vos larmes, que quelque chose nous dépasse et je ne pourrai rien pour vous, sinon renouveler cette promesse d'amour, d'amour qui dure.

Je sais, nous traverserons des épreuves, avec des hauts et des bas, les engagements pris et défaits, les vicissitudes de l'existence, les moments de doutes et les trahisons. Je sais, je ne vous embrasserai plus, vous vous sentirez transparente à mes yeux qui ne voient pourtant que vous, on se disputera et pire, on se chamaillera, on sera comme chien et chat. Vous voudrez me quitter et vous voudrez rester, vous aurez longuement pesé le pour et opté pour le contre, vous aurez tout préparé. Ne dites pas non, quand bien même vous ne me l'avouerez jamais. J'aurais fait la même chose à votre place, peut-être même aurais-je eu le courage de partir, ce jour-là. Je me serai comporté comme un salaud, vous me l'aurez dit mille fois ; parfois on est bêtes, à vouloir prouver qu'on est plus forts. Mais je vous en supplie, Alice, puis-je vous appeler Alice ?, j'aimerais tant que vous restiez, ce jour où vous aurez fait votre valise pour partir de la maison. Je vous promets de ranger mes affaires. Je m'engage à ne pas mettre de l'eau dans la salle de bains quand je me lave. Et je ne vous réveillerai pas trop tôt le matin, je vous sais parfois insomniaque. Ce sont des petites choses mais cela vous rendra notre vie plus facile…

Vous hésiterez encore, vous partirez, vous reviendrez. Et nous serons toujours ensemble lorsque nos amis ne seront plus nos amis, lorsque nos parents seront morts, lorsque nos enfants nous auront quittés pour mener leur vie. Nous finirons cette vie l'un avec l'autre, dans une maison au bord de la mer. Le soir, quand il fera nuit, je m'endormirai dans vos bras. Peut-être aurons-nous la mémoire qui flanche. Peut-être aurons-nous perdu la vue, l'ouïe et les cheveux. Peut-être serons-nous devenus déments. La maladie et la vieillesse nous empêcheront de nous reconnaître. Vous aurez fait preuve de tant de patience. Pas comme moi, Alice. Puis-je vous appeler chérie ? Nous serons tellement unis que nous ne serons plus qu'un. Je dois vous voir vite, très vite, pour tout vous expliquer. Ce sera un peu long. Je commencerai mon récit par la fin, au moment où nous nous retrouvons sur ce banc, et nous ne nous reconnaîtrons plus, car nous aurons perdu la mémoire. Nous aurons tout vécu et tout oublié de ce qui nous liait, jusqu'à l'existence de nos enfants, notre cérémonie à Cabourg, notre voyage de noces à Naples et à Capri, les anniversaires, les mariages, les décès. Nous serons comme des étrangers l'un face à l'autre, ne sachant pas que nous nous sommes aimés. Ne soyez pas triste. Nous serons prêts à nous aimer à nouveau. Ce sera comme une première rencontre.

Alice, puis-je prendre place à côté de vous ? Retrouvez-moi demain sur ce banc, voulez-vous ? Je vous y attends déjà et pour la vie, cette vie que je ne peux même plus envisager de passer loin de vous.

Votre Jules

Cet ouvrage a été imprimé
par CPI Firmin-Didot au Mesnil-sur-l'Estrée
pour le compte des éditions Grasset
en mars 2023

Mise en pages
PCA 44400 Rezé

Grasset s'engage pour l'environnement en réduisant l'empreinte carbone de ses livres. Celle de cet exemplaire est de :
600 g éq. CO_2
Rendez-vous sur www.grasset-durable.fr

PAPIER À BASE DE FIBRES CERTIFIÉES

N° d'édition : 22765 – N° d'impression : 173358
Dépôt légal : avril 2023
Imprimé en France